仙林居尘

张光芒 著

东南大学出版社
SOUTHEAST UNIVERSITY PRESS

·南京·

图书在版编目（CIP）数据

仙林居尘 / 张光芒著 . -- 南京：东南大学出版社，2025.2. -- （六朝松文库）. -- ISBN 978-7-5766-1589-0

Ⅰ . I267

中国国家版本馆 CIP 数据核字第 20244N8S80 号

责任编辑：王艳萍	责任校对：子雪莲	特约编辑：赵小龙
封面设计：鸿儒文轩·末末美书		责任印制：周荣虎

仙林居尘
XIANLIN JUCHEN

著　　者：	张光芒
出版发行：	东南大学出版社
出 版 人：	白云飞
社　　址：	南京市四牌楼 2 号　邮编：210096　电话：025-83793330
网　　址：	http://www.seupress.com
经　　销：	全国各地新华书店
印　　刷：	三河市华东印刷有限公司
开　　本：	880 mm × 1230 mm　1/32
印　　张：	8
字　　数：	172 千
版印次：	2025 年 2 月第 1 版第 1 次印刷
书　　号：	ISBN 978-7-5766-1589-0
定　　价：	68.00 元

本社图书若有印装质量问题，请直接与营销部联系，电话：025-83791830。

目　录

辑一　追忆与缅怀

叶子铭先生的最后五年　　002

料峭春寒忆许师　　008

大家风范伯群师　　012

每次见到您，都有一句话铭刻在我心中
　　——怀念王富仁先生　　020

重读先生，初心永恒
　　——关于《朱德发学术精选集》　　026

您就是那束永远不灭的"启蒙之光"
　　——怀念董健先生　　042

辑二　读史与随感

民初思想界的自杀风潮　　　　　　　　056

时光，再慢些　　　　　　　　　　　　064

中国士人的光荣与梦想　　　　　　　　068

"以孩子为师"还是"救救孩子"？　　　073

手机文化的"一利"而"百害"　　　　082

体制与人心　　　　　　　　　　　　　085

盛产富豪不可耻，视为荣耀很可悲　　　091

最是文侠勤来师　　　　　　　　　　　095

见证那辉煌，留住那岁月
　　——为纪念山东师大成教工作60周年而作　100

学子江南游，齐鲁青未了　　　　　　　109

辑三　序跋与书事

《中国近现代启蒙文学思潮论》后记　　116

《道德嬗变与文学转型》序言　　　　　121

《在感性与理性之间》后记　　　　　　126

《南京百年文学史》后记 135

《晚清以来中国"社会启蒙"文学思潮史》后记 144

《中国新时期文学期刊目录汇编》序言 147

辑四 读书与读人

序大戈编《新启蒙文丛》 154

序王勇著《理性与激情》 159

序王任编《哭摩》 163

序张文诺著《文学大众化与解放区小说研究》 167

序邓瑗著《晚清至"五四"文学批评的人性话
　　语研究（1897—1927）》 173

序陈进武著《新世纪文学的文化镜像》 183

序廖峻澜著《城市的心灵——心理咨询师札记》 189

序熊代厚著《春风花草香》 201

序《枫景——纪念栖霞区作家协会成立三十周年文集》 207

序邓全明著《新时代、新制度、新文学——
　　文学苏军第二方阵小说家论》 215

序董卉川著《江苏现代小说十三家论》　　223

序杨华丽著《中国小说家庭伦理叙事的

　　现代转型（1898—1927）》　　239

辑一

追忆与缅怀

叶子铭先生的最后五年

2005年10月28日上午8点半的时候,我正在上课,这时手机突然响了,我的心猛然一骤——最可怕、最悲痛的事情要发生了!连续两天来叶子铭老师一直在校医院里抢救,与以前多次令人紧张的紧急救治不同,这一次医生坦告叶老师的身体机能已经衰竭到低谷,濒临最危险的状态。十几位老师与研究生一直在轮流守候帮护。因病情十分危险,事先我叮嘱28日早上值班的研究生季明刚,在上午一二节课间,若叶老师病危一定要立刻给我打电话。上课之前我就与作家班的同学们说明了破例开着手机上课的原因,告诉了学生我们敬爱的老师、著名的现代文学研究专家叶子铭先生危在旦夕的消息。当时想的是无论如何也要在叶老师临走之前陪在他身边。等我向学生匆匆道歉后赶去医院时,医生护士还有老师同学们,正在极忙碌地进行着最后的抢救,师母汤淑敏紧紧靠在病床前,眼睛又红又肿,我知道她已经不知哭过多少次了,此时已是欲哭无泪。8点56分,眼看着屏幕上的波形心电图突然跳了一下，接着变成一条直线，敬爱的叶老师永远地合上了双眼。

几分钟后，我从医生那里取来了"医学证明书"，上面写有：

（a）直接导致死亡的疾病或情况：肺梗塞、呼吸衰竭。发病至死亡的大概时间间隔：30小时。

（b）引起（a）的疾病或情况：帕金森综合征、血管性痴呆。

虽然与这些疾病的名称不知打过多少交道，但今天它们仍然显得那么的突然、冰冷、残酷。五年来，叶老师与病魔相斗争的每一个步骤都历历在目，然而极尽所能的救治终究是无力回天，没能抵挡住病魔的步步入侵。一颗耀眼的学界之星还是过早地陨落了，极大的悲痛包裹着这个深秋的早晨……

回想起来，早在2001年投师叶老师门下之前，我就认识叶老师了。20世纪90年代初，我曾经在山东协助朱德发老师接待叶老师，后来在几次学术会议或学术活动中也目睹了叶老师的风采。不过那时候，能够向叶老师单独请教和交流的机会很少。第一次正式的求教是在1999年的冬天，在朱德发老师的力荐下，叶老师在南秀村的住所对备考其博士后的我进行了一次相当于面试的询问与指导。记得当时叶老师围绕着我《决绝与新生——五四文学现代化转型新论》中对于五四时期是否存在一个文学上的"新青年派"的论述谈了许多精辟的见解，并由此对我以后如何深入学术研究提出了要求，认真的批评中含着鼓励和期望。后来，大概师母汤淑敏先生见我们的话题太严肃了，便坐在叶老师身边与我聊了一些轻松的话题，谈到了叶老师当年的求学经历、他研究茅盾的过程等等。这一年的冬天，南京很冷，这一次面试却让我体会到莫大的温暖与激动。如果说以前对叶老师主要是景仰，那么这一次我亲身感受到了叶老师做学问的宏阔大气、谨严敏锐以及超常的人格魅力。

2000年的冬天我又去拜见了叶老师一次，这一次叶老师的动作虽然慢一点，但仍然很健谈，精神状态很好。后来我得知，这时候叶老师已经患病，只是医生还不能确诊。2001年春天，在浙江桐乡的茅盾会议上，再一次见到叶老师。2001年5月，我入站报到后住在平仓巷的博士后公寓，离叶老师家仅二百米。也就是这时候，叶老师的身体开始明显表现出一个"病人"的迹象。不过这时候，我与叶老师还常有学习生活方面的交流，有时候也与叶老师一起在校园散步交谈，感觉他的病肯定会好的。而且这时候每天早晨汤老师都与他一起去校园操场"快步"走路锻炼。但一个让人很后怕的细节不能不引起了我们的警惕。6月24至27日，汤老师去无锡参加学术会议期间，我住在叶老师家，汤老师临走时将每天的活动时间表，包括吃药等一应事情做了详细的交代。一天早晨我照例陪叶老师去操场散步，从马路到操场有一段较陡的台阶，刚下台阶时，突然叶老师因脚抬得太低，整个身体前倾，跟跟跄跄地往下跌去，我一直与叶老师并排紧挨行走，所以能够迅速反应，及时上前抓住了叶老师，也吓出了一身冷汗。这么高的台阶，危险的后果不堪设想。病从脑生，险从脚起。在这之前，散步是为了让叶老师充分起到锻炼的效果，基本不需要搀扶，这次险情无疑是一个令人担心的信号。

此后，叶老师的手颤加重，越来越沉默，越来越不愿动。住院、会诊的次数也越来越多。到2002年，由于长期服用药物，他的脸已经开始浮肿，手抖得厉害，连喝水的杯子都拿不住了。叶老师生命的最后几年，病情一直不稳定，总体趋势却是越来越有不可逆转的征兆，这是一个令人难以接受的现实。汤老师甚至常常对我这样感叹：要是他得别的什么病，也不至于像现在这样连交流都不能；哪怕他晚些年月患上这种病，也认了，可是现在他连退休的年龄都不到！其间，没有放弃过一次哪怕最小的希望，而叶老师每每表现出一点好转的迹象都令人兴奋万分。其间，牵动了多少人的心，更是一言难尽。对叶老师不熟悉的人若不知道他正在经受着病痛的炼狱般的煎熬，甚至会误解为叶老师的性格已经变得有点古怪。可是，在我的记忆里，生命最后几年的叶老师却仍有"超人"的一面存在。说来非常奇怪，病魔折磨中的叶老师几乎对一切事情和信息都难见反应，思路和表达时常处于混沌状态，但一涉及他毕生献身的学科建设和学术问题，涉及培养学生的问题，他的反应和表达就出人意料的清晰。只有在这样的时刻，你才能真切感到叶老师是在与你"正式谈话"，也正是在这时候，你会突然感觉叶老师并不是一个"病人"——尽管这样的"幸福时光"很少。

一次是2002年底的一天，叶老师突然对我说：你明年春就要出站了，你把这两年做的事情总结一下给我，把做的项目和出版的书拿给我看一看，我好给你准备鉴定意见。他说这几句话的时候，语速稍慢，但字句清晰，表情严肃而认真。这与平时的叶老师判若两人。后来一次去叶老师家时，发现他坐在椅子里正拿着我交给他的书看，他吃力地揉了揉眼睛，然后艰难地翻了一页。汤老师对此也大感意外，好多次我们很兴奋地讨论着叶老师这给人以希望的表现以及精神好转的希望到底有多大。

还有一次是著名汉学家斯洛伐克的高利克先生来南京看望叶老师，当时叶老师住在脑科医院，身体与精神状况很不乐观。两位年轻时即因茅盾研究结下深厚友谊的老人、老朋友的见面十分简单，叶老师的目光虽然时有激动和兴奋闪现，话语仍是极少，主要是高利克先生在找话题激发老朋友。陪同高利克先生来之前，我将我刚出版的《中国近现代启蒙文学思潮论》送给他教正。与叶老师谈话时，他专门拿出这本书来问叶老师：西方有启蒙运动、启蒙思潮，也有很规整的启蒙文学创作，中国近现代也有启蒙运动和启蒙思潮吗？有启蒙文学思潮吗？在这种地方这个时候谈如此严肃的话题自是高利克先生的良苦用心，想不到叶老师竟很较真和认真地回答了这个问题，他明确表示中国近现代也有启蒙思潮和启蒙文学，做这个课题是很有价值很有意义的。谈了一会儿，高利克先生表示同意叶老师的意见。临分别时，高利克先生紧紧拥抱着叶老师，眼里闪着晶莹的泪光，我用相机留下了这感人至深的一幕。

最令人感铭在心的是我博士后出站报告的时候，2003年4月28日那一天，也是"非典"最猖獗的时候，病重中的叶老师在汤老师及护工陪同下冒着大雨出现在答辩现场，在场的老师以及研究生们既意外又感动。更出乎人们意料的是，叶老师不但全程端坐在现场，而且做了十几分钟的发言，将从我入站到后来的表现一一道来。这次发言思维清晰，语言幽默。当有老师说张光芒这两年得了不少奖的时候，他把头扭过来看着我，说：光芒啊，你得了多少奖金啊？搞了我一个措手不及，大家一愣之下都哈哈大笑起来。直到现在，师母汤淑敏先生回想起来还在慨叹叶老师的那次表现真是一个不可思议的奇迹。而我更是感动于老师对学生那一股难解的关爱之情。那将是永驻内心永不褪色的神圣一幕。

　　叶老师生命的最后五年是与病魔做艰苦抗争的五年。这五年里，随着病情越来越复杂，不时转换于人民医院、脑科医院、鼓楼医院、中医院、南京大学校医院等之间。直到现在，当我有时经过学校医院的门前时，还会突然产生一种错觉，感觉叶老师仍然睡在楼上那间特护病房内。何其幸也，上天让我能够在叶老师身边生活五年！何其不幸，上天只给我五年机会生活在叶老师身边！

2006.08.17

料峭春寒忆许师

2008年春天的一个夜晚，风雨凄凄，春寒料峭，想起敬爱的许志英先生，诸多往事涌上心头，百感交集。在这样的日子记下怀念许师的文字，但愿不致过分晦暗和呜咽。

早在20世纪90年代初读研究生时，我就熟悉了"许志英"这个响当当的名字，因为我那时的选题是"五四"文学研究，而许师最早引起反响的论著就是一系列对"五四"文学的重新评价，他的成果自然成为我重要的研习对象和思想资源。后来我来南大后与许师谈起他的研究对我的导引和影响时，他还讲了一个小插曲。80年代初，他因为《"五四"文学革命指导思想的再探讨》一文受到极大的压力，而我的导师朱德发先生同样因重评"五四"文学而受到同样的压力，当时两人身处两地，素未谋面，却在学术见解上完全是不谋而合。在强大的压力下，朱先生写了一封信给许先生，一则表示慰问，二则切磋学问。许先生收到信时看到，信封上书"许志英教授收"的字样，而他当时还是个

"讲师"。许先生笑着讲了这个小插曲。从此两位先生结下了长达二十多年的深厚友谊。

许先生是个学术上极为严谨而生活上非常朴素的人。在学问人生大问题上，他严肃认真，严格要求，在日常生活中则很随和、和蔼，对后辈更是关怀备至。由于我导师与许先生的特殊友谊，我也就有幸与许先生自然地建立了无话不谈的师生关系。一次次，在许师简单的书房里，端着热情的师母沏好的茶水，听他讲他最近写的文章和新的想法，听他谈他对学问与人生的观点和感悟，听他如数家珍地聊学界掌故，也听他天南海北地叙道他亲历的有趣故事。有时他讲到激动处，我会及时递上一支香烟，替他点燃；而有时我听得入迷的时候，他则亲自拿烟，也顺手给我一支。常常地，不知不觉中，就远远超过了准备拜访的时间。

许师任何时候谈起话来思维总是异常清晰，一如他的文风简洁清爽，而谈起任何事情也总是自有他独到的见解，从不人云亦云。无论从大事还是小事上都能体现他这一风格。说起抽烟来，许师的见解也独到有趣。比如他让我不必尝试戒烟，因为这个年龄阶段"欲望太盛"，从生理学上讲是戒不掉的。记得起初拜见他的时候，我有时就买两条100多元钱一条的香烟送他，可发现他从来抽的都是"中华"牌的高档烟，我很不好意思地说送他的烟太差，他安慰说只要超过十元钱一盒的烟他抽起来就没有什么差别。我暗想等我有钱了，一定买最好的烟孝敬您老人家。再后来，他中风之后，按医嘱不能抽烟，实在戒不掉，就与家人达成调和协议：每天抽十支。从那之后，我晚上再看望他时，就常常有这样的镜头：我给他递上一支烟时，他嘴里说着这是今天第9支或第10支了。为了不"诱惑"他超量，我也忍着少抽烟，但他似乎熟悉一贯的抽烟频率，每过一段时间总是让我自己抽一支烟，怕学生不好意思，几乎带有命令的口气。我很奇怪的是，许师每次"命令"都很"准时"。有一次，他说自己已经不能多抽烟了，便让我带走了两条。走在回家的路上，我想我不但未能给老人家好烟抽，反倒拿老人家的好烟。人生总有许多遗憾，可这遗憾里又充满了多少感动和无奈呀。

许师的性格耿直坚强，他经历了他那一代知识分子的苦难，却从没有被压垮过。每谈到时代的悲剧和他个人的磨难时，少见他的情绪化，他总是以智慧化解历史，以博大的胸怀体会人生况味。每当遇到一些一时不会处理的问题，我找他请教时，他也总能果断地解答。然而，他虽然与晚辈无话不谈，我们从来没听到他对生活与生命的不解或者苦恼，即使在他自己中风，师母不幸染重病和去世以后，他反而常常宽慰看望他的学生们。在我印象中，每当外地的朋友、学生来看望他，或者有些场合请他出席，许师几乎从来有求必应，不辞辛苦，而且兴致勃勃地参与。即使在他去世前不久，许师也是如此，甚至不时开个玩笑。我们无论如何也想不到，他走得这么快。在这个春寒料峭的季节，我突然想到，我们对许师也许了解得远远不够，我们是不是忽视了他的另一面。我们向他请教，从他那里索取指导、吸取力量、获得帮助，可是我们不能替他分忧解难。

那热气腾腾的茶水，缭绕满屋的烟雾，面对着许师那娓娓道来的语态、和蔼可亲的面孔，那番温馨，那般豁然开朗，如今想起来那是多么让人幸福的时光。不久前那还是随时可以实现的事情，而今和在将来，它却只能在梦中重现。

2008.04.20

大家风范伯群师

2017年春节期间，在给范伯群先生电话拜年的时候，我借机为《中国现代文学论丛》向先生约一篇头题大作，并厚着脸皮恳请先生支持学生的工作。范先生最近十几年来爆发了学术生命的又一个春天，推进学科发展的大著、反响热烈的论文，接连问世，让弟子既兴奋于先生以八旬高龄显示出的学术创造力之盛，又直感汗颜于望其项背而不及。尽管如此，提出赐稿的要求也未免于心不忍。即便学界常青树如先生者，86岁毕竟也是一个高龄。没想到，范先生非常爽快地一口答应下来，并表示不久前发现了一些新材料，正好写了一篇新的文章，几天之内就可完善一下发给我。电话中，范先生还兴致勃勃地简单介绍了关于此文的一些发现和新见。

他发现姬文的《市声》是晚清唯一的一部反映中外商战题材的长篇小说，虽然写得并不成功，但"物稀为贵"，因此也受到阿英等研究晚清小说专家的注目。在晚清，"商战""工战""实业救国"等话题被维新人士视为救国的良策。小说作者姬文有一定的时代敏感性,但在缺乏生活实感的无准备状态下,仅为题材重大而去"抢占"这一题材,结果只能靠书中人物的言论去图解当年某些商战、工战的理论概念。他的论文就是要总结该长篇小说失败的教训,同时剖析商战、工战理论的时代局限性。即使在电话中,范先生说话的声音也永远是那么雄厚和富有感染力。听着先生条分缕析的话语,感受着那一贯清晰有序的思路和探求历史的活跃思维,根本想不到这个春节期间范先生的身体与往常有什么不同。然而,不幸的是,待如期拿到刊物不久,待这篇在我看来先生将从文学反观社会、由文本透视历史的研究方法使用得炉火纯青的论文发表不久,范先生却撒手人寰、弃尘世而去。

范先生从住院到离世是那么匆匆,又是那么突然;多么让人出乎意料,又是多么让人难以接受!86岁,如果是颐养天年的晚年生活,哪怕是经常去医院折腾一段,我们也许会更多地想到时间在消耗着先生的身体。可是,范先生从来不愿意给我们这样的机会。每次电话问起起居,范先生基本都是一个模式:早饭后散步去取下信件,上班族工作的八个小时基本就是他坐在电脑前写文章的时间。这样的工作强度与科研热情,完全不逊于青壮年。实际上,在范先生去世前几个月,我还在省作协召开的一次会议上见过范先生,在会间还与范先生聊到他带领隔代弟子们完成通俗文学与通俗文化课题的过程。也是在这一年的2月,江苏凤凰教育出版社隆重推出了范先生主持的大部头著作《中国现代通俗文学与通俗文化互文研究》;3月,《中国现代通俗文学史（插图本）》俄文版由俄罗斯东方出版社出版；9月，《范伯群文学评论选》由江苏凤凰文艺出版社出版。范先生晚近的许多论著，既有集大成之作，又有创新之气象；既表现出突破研究现状的锋芒，也表现出自我突破的学术力度。在人们眼中，晚年的范先生就是这样一个以学无止境的胸襟、眼光奋战在科研第一线上的"劳模"。这一切让人无论如何也不能与12月10日的噩耗联系起来。那震惊与悲痛，无法用语言来形容。

第一次见范先生是1993年的夏天，当时我还在读硕士研究生，陪同朱德发先生为学科发展之事专程走访了南京与苏州，从而有机会在苏州大学听两位先生长谈。20世纪90年代初，正值范先生人生盛年，他领衔下的苏州大学中国现当代文学也是当时全国数量很少的博士点之一。那时，范先生带领的研究团队及其通俗文学研究早已声名远播，范先生的大名在我们研究生那里更是如雷贯耳，甚至像一个学界传奇。比如，在见到范先生之前就常听老师们说起范先生有几个绰号。一是"范鸳鸯"，言其筚路蓝缕，开创了一个现代通俗文学研究的学术流派。从出人意料的学术选择，到得到现代文学研究界的普遍认可，再到通俗文学研究的繁盛和对于整个现代文学学科体系转型的推动，正是这一切带来了"范鸳鸯"的说法，这既是一个绰号，也包含了学界和民间对于范先生的高度尊崇。还有一个绰号，我记得是"神聊九段"。当时的围棋比赛是人们最关注的文体热点之一，在人们心目中，"九段"就是顶尖级的大师。而"神聊九段"则极言范先生口才之高。即使在闲聊中，人们也能从他侃侃而谈的话语中得到极大的启发和教益。也就是在那一次，我亲身领略到先生的风采。

那时，我还在读研究生二年级，对于学术研究的门径感受尚不那么深刻，因此，见到范先生时我首先想到的是另一个说法。去苏州前，有几位老师听说我能见到范先生，告诉我说听人家说范先生长得很像扮演皇帝的刘威，有机会一定多请教。待我见到范先生时，我首先想到的却是《龙云和蒋介石》中由奇梦石扮演的龙云形象，既身材魁梧高大，又风度儒雅温厚，更带有几分浩然英气。我心中默念：回到山东一定要与几位老师辩一辩。

1997年，我考入苏州大学范先生门下攻读博士学位。第一个学期，范先生给我们开设的是关于文学史写作的讨论课。这个课程的形式也是我第一次遇到，从中深切感受到先生高屋建瓴、逻辑周密的理论视野，和严谨扎实、循循善诱的教学风格。除了在读的几位博士生，包括留校任教多年的范先生弟子也全都参与进来，每次课都济济一堂。除了前几次课，后面每一次课都由一位准备充分的弟子主讲，然后由先生点拨，带大家一起讨论。每次讨论都给刚刚入门的我带来极大的思想冲击，受益匪浅。

记得第一次课上，范先生详细地讲了他多年从事现代文学研究与文学史写作的过程和心得，特别提出他从纯文学至通俗文学的转型，并强调这种转型不是目的，而是为了更好地整合和回归，由此他提出了建构"大文学史观"的整体设想。当时范先生带领弟子们积数年之功写作的多卷本中国现代通俗文学史已初具规模，先生及时地将"大文学史观"构想提了出来，填平雅俗鸿沟，整合市民文学与精英文化。而另一方面，这一构想不但科学地凸显出通俗文学研究的重大学术价值，也反过来刺激和推动着通俗文学研究的深入。

在这一问题上,范先生表现出了他作为总设计师的宏大气魄和超前眼光。当时,先生的团队已经发表和出版了大量的论著,中期成果接连推出,苏州大学作为现代通俗文学研究重镇的声名日隆。但范先生却不急于将更具有学术标志性的多卷本的通俗文学史推出,而是继续积聚内功,待条件更加成熟时推出集大成之成果。待到 2008 年 6 月,以在上海召开的"建构中国现代文学史多元共生新体系——暨《中国现代通俗文学史(插图本)》研讨会"为标志,范先生以大文学史观、通俗文学史写作与通俗文学理论三个板块构成的学术体系完整地建立了起来。在这次会议上,作为弟子,我从目的、立场、策略三个层面谈了自己的体会。

范先生的学术目的一个非常突出的特点,就是不是为研究通俗文学而研究通俗文学。范先生一直有一个大文学史观,他研究通俗文学是为了回到文学史的多元共生结构。范先生研究通俗文学并不是一定要抬高研究对象,比如他谈《九尾龟》等,都是以批判为主的。在立场上,范先生坚持的是一种多元的启蒙的观念。比如"五四"新文学作家抨击鸳鸯蝴蝶派是消遣的和游戏的文学,反驳这种观点有两种方法:一种认为鸳鸯蝴蝶派不是消遣和游戏,它就是启蒙;还有一种认为失意时的消遣和高兴时的游戏也是一种现代性。范先生就深刻地指出通俗文学强调的是感性的启蒙,纯文学是理性的启蒙。我一直在想,建立于中国传统之上的现代转型的话,是强调情感的,比如《玉梨魂》中的白梨影这一形象,是由情感冲动而引发的人们对于"礼"的反思,这和鲁迅笔下的子君的理性觉醒方式不同。在范伯群先生这里,如何坚持现代性的立场，这本身就得到了深刻的辨析。通俗文学的现代性除了人们常说的新道德新思想外，还有一种"新情感"。俗文学本身就是与生活贴近的，这种新情感体现的是一种基于民族文化与社会生活转型之上的不同于西方影响的现代性。而从叙述策略上说，这部文学史一系列创新之处也值得关注。一是它把文学史的时间和空间的范围加以拓展扩大；二是用雅文学的得失来证明通俗文学的价值；三是进一步把张爱玲、无名氏、张恨水等纯文学史不得不讲的大家也拉进了自己的文学史体系，这样就更好地实现了大文学史建构的理想。

现在看来，以大文学史观为目的，以多元的现代性为立场，以雅俗互补为策略，已经成为越来越多的学者的自觉意识，而早在二十多年前，范伯群先生就已经谋划在胸而胸有成竹了。我读博士的时候，发现范先生很多弟子的博士论文选题都是通俗文学史建构的某一个领域，当时我的学术兴趣点集中于近现代时期的启蒙文学思潮，而在有些研究者看来，启蒙文学与通俗文学是对立的，因此在选题问题上一度颇为纠结。等我把选题想法正式提出后，范先生略加思索便同意了，并且详细地谈了他自己在这一方面的思考。他通过一些具体的实例说明，在现代性启蒙的意义上，通俗文学史与纯文学史不但是互补的，也有共通的一面。后来，我发现范先生将这一思想在一篇论文中系统地总结了出来，即认为中国现代通俗文学历史发展可概括为一个"三段论"："开拓启蒙—改良生存—中兴融会"。范先生提出的理论支撑不啻对我最大的鼓励。

范先生对于学生的关心、培养和影响，远远不只是在课堂上，不只是在课题的讲解上，更多的是表现在闲聊和生活细节中。记得1998年我因中期考核事宜去范先生家中，范先生刚好穿戴齐整准备与家人一起去参加一场婚礼，看到我来了，当即决定由家人去，他留在家中。中午，范先生带我去一个饭店，二人边吃边聊。那时候打电话不是那么方便，没事先约个时间。我不好意思地说，来得不是时候，耽误先生家的事情了，本来也可以换个时间再来的。没想到范先生说：你来得正好，我正好有理由不去参加应酬了。先生把学生的事摆在这么重要的位置上，而且还不让学生感觉歉疚，足见先生的宽厚与仁爱。

1999年有段时间，范先生因查阅几篇小说的原刊来到山东师范大学，那是"五四"前后的期刊，正好只有山东师范大学图书馆有馆藏。这些资料不允许复印和外借。我陪同先生一俟上班便进去查阅，一到下班时间就被"劝退"出来，晚上则整理材料。那几天，我亲见先生或站或蹲在幽暗的书架前，翻找目标，轻吹灰尘，抄写资料。有时，他几乎激动得跳起来，兴奋地告诉我说，哪篇小说以前一直找不到原刊，现在"它跑不了了"。中午回到宾馆吃饭后，本来不准备睡觉，只是躺一会儿休息一下，好准时赶到图书馆，以免耽误下午的有限时间。但我发现，每次一躺下，还没说几句话，先生就睡着了。通俗文学史的背后该倾注了先生多少不为人知的心血和汗水啊。

2000年5月，我的博士论文答辩会在苏州东吴饭店举行，答辩委员会由华中师范大学的王庆生先生、北京大学的孙玉石先生、苏州大学的朱栋霖先生以及我两位导师范先生与朱德发先生等组成。阵势也比较严肃，旁听的学生很多，我感到非常紧张。

范伯群先生的开场白是以幽默的方式开始的,他说:"今天,我要关扇门,一扇门是硕士生的门,一扇门是博士生的门。"大家都笑了,气氛顿时轻松起来。

2009年,一次我去母校参加祥安教授博士生的论文答辩,范先生也参加了。晚饭后,我想送范先生回家休息,范先生兴致勃勃地说,反正你一个人在宾馆,我也是一个人在家,不如到你房间多聊会儿。一般都是在会议中碰面的时候,学生到老师房间问安,这次却让先生在我入住的东吴饭店的房间里聊天,而且聊了很多,聊了很长时间,让我感动不已,久久不能忘怀。

平时,范先生总是给人机智幽默和大气敦厚的印象,但有一次我却意外地遇到了范先生发火。一次我去范先生的办公室,他正在打电话,似乎正在与一个处长通话,该处长有件涉及学科发展的事情没做好,范先生在电话中大声训斥了好长时间,而处长在电话中唯唯诺诺,反复道歉。这也是我第一次见到一位教授与什么长如此论短长,深感震惊。可见,在学科建设、团队发展的背后,范先生又是怎样的呕心沥血,在复杂的网络中不得不付出了多少学术之外的大智和大勇。

范先生走了,范先生突然走了,但大家风范伯群师将永远留在我们心中!

2018.08.13

每次见到您,都有一句话铭刻在我心中
——怀念王富仁先生

2017年5月2日,王富仁先生突然去世。他的去世在学术界,尤其是现代文学研究界引起了极大的震动。我虽然有机会于5月6日在北京八宝山殡仪馆竹厅参加了王富仁先生的遗体告别仪式,但那悲伤难抑之痛久久不能释然。每当想起与王富仁先生点点滴滴的交往,想起王富仁先生对我深刻的影响,不禁百感交集,深叹王富仁先生的去世对不少学人来说,不仅是业界丧失了一位风骨铮铮的学术大家,它更具有一种特殊的象征意味。

20世纪80年代后期与90年代前期开始进入中国现当代文学研究领域的学人,大都在学术精神上受到80年代思想解放运动的鼓荡,而王富仁先生的鲁迅研究成果不仅是新时代发轫期思想解放的产物,更参与并推动了思想解放的潮流,深化和拓展了学术思想解放的题域。至今我仍然能清晰地记得当时读《中国

反封建思想革命的一面镜子——〈呐喊〉〈彷徨〉综论》时所感受到的反封建思想运动强大的召唤力,以及渗透其间的那种逻辑力量的强烈震撼。那时候报考现当代文学专业攻读学位的学子们大都笃信"审美带有令人解放的性质",而王富仁先生对于鲁迅小说的文本细读恰恰是审美自由与思想解放的完美结合。正如审美的解放始于纯文学的回归,思想的解放也需要从学术的独立起步。在那时的我看来,王富仁先生的著述的意义不止在于"结束了鲁迅研究的陈涌时代"的学术史价值,更在于他的那些文字让读者强烈而切实地感受到思想畅游的魅力。直到现在,我在给学生讲解鲁迅作品时仍然受惠于王富仁先生的解读方式。

多年来,听过许多专业名师的讲课或演讲,也参加过许多次大大小小的学术会议,听过许多学界大腕的发言,但回想起来,王富仁先生是那种并不多见的每次都能给你带来思想震撼的人。久而久之,一些言说与一些人与事也许淡忘了,但王富仁先生却每次都能给我留下铭刻于心的话语、萦绕不去的启迪。记得第一次见到王富仁先生是1991年我在山东师范大学读研究生的时候。我们学科主办学术会议,当时来了一大批著名学者。专业还专门安排了一次几位专家与在校研究生的座谈活动,使我们有机会与仰慕许久的学者近距离接触。那是1991年的冬季,"南方谈话"的前夕,王富仁先生意味深长地说了这样一句话:"你们记住,你们今天的研究是在为未来而研究,你们现在的写作是在为未来而写作。"在这个现当代文学研究的冬季,王富仁先生的一句话让正处在困惑中的学子心中敞亮起来。"为未来而研究!"这句话既灌注了"相信未来"的激情,又充满着知识分子独立不倚的理性精神。这句话又是多么的及时和一针见血：若是为当下，你可以在适当的时机离开现代文学研究；只有为未来，才有痛苦的坚守，只有为未来，才不会为活在当下所累。那时我在读研究生一年级，但几十年以来，无论遇到怎样的阴天或冬日，都要重新掂量一下这句话的分量，也要重新思考它真实丰厚的内涵。

几年之后，研究生毕业留校工作不久，王富仁先生应邀为中文系师生做了一场学术报告。几十年了，报告的确切题目已记不清，但他对中西方文化的对比分析方法却始终历历在目。自"五四"新文化运动以来，在现代性思潮的推动下，许多学者都对中国文化进行过精辟的解剖和批判。在这样的背景下，王富仁先生却仍然显示出他切中肯綮、鞭辟入里的独到见解与思路。在他看来，西方文化的伦理秩序是以"男女平等"为核心建构起来的，而中国文化的伦理秩序则是以"父上子下"为统帅一切的结构核心。在君君臣臣、男男女女、上上下下的复杂伦理关系中，在民主和自由、平等与博爱等现代性话语的复杂纠结中，王富仁先生手操一把小小的锋利的解剖刀，将似乎是又大又老的复杂问题分析得条分缕析，清晰如画，透彻见骨。这一场讲演让我亲身感受到了深刻的力量，也目睹了逻辑的美。"西方文化以男女平等为核心，中国文化以父上子下为核心"，这一句话就这样深刻在我脑海中。我知道，那不啻是一种个体性的学术观点，更是一种抵达本质的途径方法，一种透视伦理的精神使命。

由于是同乡，也由于导师的介绍等原因，我与王富仁先生虽没有师生之名，却也有幸比较早地就有了私下请教的关系。王富仁先生在北京师范大学的宿舍，我前后去过三次，都是在20世纪90年代。或为论文选题请教，或因为学术道路上有困惑而讨教，或是去北京出差时顺便探望。印象最深刻的一次是谈到中国文化的当代表现。我说齐鲁文化在当代最突出的表现就是"三个本位"，即长者本位、道德本位与官本位。这"三个本位"无所不在，无缝不钻，渗透至人们生活中的每一个层面和每一处角落。学术界亦不例外。学者们，尤其是年轻的学者们被这"三个本位"压迫得喘不过气来。王富仁先生说，有这样的认识很好，说明你对现实文化土壤有深切的体会。本来我以为王富仁先生会由此借题发挥一下他对文化传统的批判精神，并表示对于现实的忧虑，没想到说到这里他猛吸一口烟，话题一转，缓缓道："我对你说，这样的文化环境正是你们一代人产生思想与理论的契机。"他从这几个本位如何控制人心压迫人性谈起，最后说道：当你感到有话不能说而内心又要求不能不说的时候，就会寻找隐曲的表达方式，这时候就有了艺术与思想的创造。真可谓一句话点醒梦中人。我常常想：鲁迅之于王富仁，不也正是以隐曲的方式表达自我吗？从事新文学研究的人，大凡影响巨大者无不是借文学之酒杯浇胸中之块垒。那时，我正在考虑以现代启蒙思潮作为选题的主攻方向，王富仁先生的一句话坚定了我的学术信念。

王富仁先生南下汕头大学后，专心于他的"新国学"研究。因为他受聘担任我们中心的兼职研究员，尽管距离遥远，仍然能保持着一些联系，但见面的机会就少多了。直到2011年11月，在南京再次见到王富仁先生。时值鲁迅诞辰130周年、逝世75周年，北京市文联理论研究部与南京大学中国新文学研究中心联合主办了"鲁迅精神与当代文化建设"理论研讨会。多年不见,王富仁先生依然随和温暖,但一旦谈及他思考的话题必定神采飞扬,目光如炬,思维绵密,滔滔不绝。在这次大家一致认为"我们比过去更需要鲁迅"的讨论会上,王富仁先生除了讲他关于"新国学"的最新见解,还在座谈中讲到了他自己上中学时候的一段经历。有人要整他,从他厚厚的日记本里翻来翻去,终于找到一些带有失望不满情绪的话,便开始了对他的审问。于是有了这样的对话:

> 问:你这日记里这些话表达的是什么情绪?
> 答:就是失望的、不高兴的情绪呀。
> 问:你为什么有不高兴的情绪?
> 答:就是因为有不高兴的情结啊。
> 问:你在社会主义制度下有不高兴的情绪,那么你要在什么样的制度下才没有失望的情绪?你认为什么样的社会制度是让人高兴的?

王富仁先生说这句问话一下子把他问懵了、问倒了,回答不出来了。他说到现在他也没想明白,这个问题应该怎样回答。直到现在也没有想清楚这个问题。就是这个疑问成为他终生研究的动因。"解不开的疑问正是研究的最大的动因!"王富仁先生的一句话又一次深深震撼了我。在此启发下,我在那两年专门写了几篇关于"人心文化"的文章,因为我坚信那些解不开的疑团深深地潜藏在"人心"的黑洞之中。古人云"听君一席话,胜读十年书"，诚不我欺。

  没有想到的是，这一次成为我与王富仁先生生前的最后一次见面。在人生最后的岁月中，王富仁先生更加深居简出。就在前两年，本来可以再一次见到王富仁先生。王富仁先生本来答应好来南京参加一次学术会议，而且也买了飞机票，我们这边也准备好了接站，结果却没等到他。原来他到机场时误了时间，飞机刚刚起飞，他也就悻悻而洒脱地回家了。由此也可窥见王富仁先生作为一代学术大家性情中人的一面。当面对王富仁先生的遗体时，我不禁在心中默默念道：我是多么想再聆听您一次口若悬河的谈话啊！每次见到您，您都会留下灵光闪现的一句话给人以新的人生启迪。

2017.11.20

重读先生,初心永恒
——关于《朱德发学术精选集》

一

时间总是那么让人猝不及防!转眼间距恩师朱德发先生溘然长逝已近周年。恍然就在昨日,大家还在先生的灵前唏嘘不已,在先生的墓前依依不舍。弟子们之间常常交流说,哪天自己拿起电话拨出了先生的号码,哪天把自己的新书封装好写上先生的地址,哪天在梦中与先生交流了一个有意思的话题,哪天无意识地走到山东师范大学北街要去拜会先生,可是突然发现……其实,我们都还没从那般痛心疾首、痛彻心扉中回过神来;我们从来也没相信先生真的已经离我们远去。

朱先生一生心无旁骛,唯钟情于学术研究,焦心于学科建设,全力于培养人才,提携后进,无私奉献,惠及一众学人。弟子们更是深感无以为报。我耳边常常响起先生遗体告别仪式上,山东师范大学中国现当代文学国家重点学科学术带头人魏建先生声泪俱下的一句话："您为我们做得太多太多，而我们为您做得太少太少。"先生生前最不愿给别人"添麻烦"，对自己的病情严格保密。当病情恶化难以隐瞒的时候，先生说的第一句话竟然是"对不起这些学生们了"。

徒欲孝而师不待。我们能做的唯有继续学习先生的道德文章，努力传承先生的学术精神。母校与众多的师友们，为纪念朱先生操办了许多活动，也设计了一系列以弘扬先生学术精神为主旨的计划。在朱先生逝世周年来临之际，魏建教授与我商议拟选编一部"朱德发学术精选集"，并由我们二人具体落实和完成这项任务。"精选集"的设想和意图不仅仅是告慰先生在天之灵，更重要的是启迪学界，鞭策后人，促进先生道德文章薪火相传，学术精神发扬光大。我顿感责任之重大与神圣。

我与魏建教授多次磋商，同时，我们二人分头征求了张清华、王兆胜、李宗刚、贾振勇、顾广梅等多位教授的意见后，确立了编选先生代表作的基本原则。其一，主要从朱德发先生独撰发表的学术论文中选取代表性成果；其二，尽可能将朱德发先生在各个研究领域的学术成就全面反映出来；其三，以时间为轴线，尽量完整呈现出朱先生从学术起步到成为一代宗师的学术踪迹。之所以确立这三个编选原则，是基于这样的思考：朱先生一生勤奋高产，有独撰论著、合作论著、主编著作、参编著作、书评序跋、教材教辅等等，成果可谓汗牛充栋。从单篇的独撰论文中选取更能体现出本书"学术精选"的特色与意义。另一方面，朱先生在中国新文学研究这个大的范畴内，既有权威的研究领域，也有主攻的重点方向，同时有广泛的涉猎，在相关领域内也多有建树。因此，作为学术精选集，既应尽可能将朱先生在主要研究方向的标志性成果突显出来，同时也要适当兼顾先生涉猎的相关领域，以求管窥先生的学术全貌。

二

但朱德发先生是一座学术的高山，要摸清其中的学术门径和成就概貌，编选出一部名副其实的"学术精选集"，谈何容易。我不得不反复研习先生著述，重读先生文章，于是有了一段仿佛又回到与朱先生师生相谈、聆听教诲的幸福时光。

早在1974年，朱德发先生有机会参加了全国十二院校《中国现代文艺思想斗争史》的讨论和编写。这可以视为朱先生从事文学研究活动的正式开始。当然这只是朱先生学术研究时间上的起点，而非学术思想上的起点。朱先生直到晚年仍然活跃在现代文学研究的第一线上，仍然不时发表自己的新见，大作频出。从那时算起至仙逝，朱先生走过了44年研究生涯。40余年间，朱先生独撰了400余万字的研究成果，合著与主编著作亦达数百万字。而且绝大部分合作或主编成果，也都是在朱先生主持指导、耳提面命、统摄思想中完成的，它们灌注了朱先生的基本理念、研究原则与学术灵魂，构成了朱先生总体学术设计与学术思想体系的必要组成部分。

令人惊讶的是，著作等身的朱先生始终着力于中国现代文学的深微研究与学术开拓。如此长的时间、如此丰富的成果，这对于有些学者来说，恐怕早已换过几个阵地，兴趣亦数度转移。但读朱先生的论著，你会发现，尽管其探索话题不断更新，但里面的文字有两样东西始终没有随着斗移星转的时间而改变。一是朱先生文章特有的那种绵长致密、充满逻辑、思维严整的话语方式始终未变；二是朱先生文章对于研究对象的那种超乎寻常的谙熟和热情，以及透射于内的主体生命意识始终强烈地存在着。几十年前灌注在"五四文学初探"中的学术激情，在几十年后的各种新论中依然如故，朱先生关于现代文学的研究文字始终洋溢着发现的快乐，保持着创造的强劲的生命力。朱先生虽然也有一部分越出现代文学边界的论著，但所占比例很小。它们要么并非朱先生学术研究的重心之所在，要么是为了充分拓展现代文学研究的疆域，通过获得更多的学术资源再回到现代文学研究范畴，使其起到必要的理论启示和促进作用。朱先生也特别强调研究视野的宏阔与学术生长点的发现，比如20世纪80年代中期以后，他的许多论著由今及古，由中而外，或者上溯下延，或者将历史哲学、思维学、心理学纳入研究范畴，但这些拓展亦是出于客观、准确、深刻评断现代文学的内在需要，是基于解决现代文学诸多根本问题而生发的学术论域，从根本上仍然是为了建构现代文学研究这座学术大厦。

著名英国哲学家以赛亚·伯林曾经把人分为刺猬和狐狸两种类型。据此人们认为，近代以来的知识分子也可以分为狐狸和刺猬两种类型。狐狸知道很多事情，但是刺猬知道一件大事。狐狸四面出击，但是刺猬只挖一个洞。狐狸同时追求很多目标，以其"凌乱或是扩散的"思维追求多方位的发展，但它从来没有使它的思想集中成为一个总体理论或统一观点,而刺猬则倾向于把复杂的世界规整为有组织性的观点,深挖一条基本原则或是一个基本理念。相对而言,这些年来,随着信息爆炸的冲击,言论多元化和浮泛化倾向日趋严重,狐狸型的知识分子越来越多,而刺猬式的学者越来越少。朱先生便是这样一个永葆独立品格的刺猬式的学者。在他这里,中国现代文学作为一个研究领域,是一个有着时空限制的"洞",同时更是一个思想与审美的宝藏,要达到对这个"洞"能够洞若观火的学术境界,就不能像狐狸那样浅尝辄止,打一枪换一个地方。在他看来,这个"洞"不是一个简单的研究对象,"现代中国文学是生成于中外古今文化纵横交错的坐标系上,不论文学运动、理论思潮或者文学流派、作家作品无不与中外古今文化形成的深广语境与生态心态有着千丝万缕的联系。如果说中外古今文化通过不同层次的冲撞、交汇、对话结成了一张立体型的深不可测、广不见边的大网,那你选择的或大或小的现代文学研究对象就是大网上的一根'绳子'或一个'结',无论是解开一根'绳'或者要剖析一个'结'都要触动这张大网,这就把我们的宏观、中观或微观的所有文学研究纳入一个错综复杂、宏阔深邃的文化背景之中"(《朱德发文集·代弁言一》第一卷,山东人民出版社 2014 年版,第 7 页)。如此一来,现代文学这个"洞"恰如那种密度无穷大,具有令它周围的光都无法逃逸的强大引力的天体"黑洞"一样,具有无穷深远的探讨价值。"只要能通过'现代文学'研究来破译历史和道法的权力结构,化解文本语言结构方式以维护全面的人性、人类完整的感性,从而释放审美主体的生命活力以争取精神完善和自我超越,于论文或著述中发出的是历史的真言和个人的真声,那就心满意足了。"(《朱德发文集·代弁言一》第一卷,第11页)朱先生这番夫子自道自是深有体味之言。从某种程度上说,朱先生是一个学科意识非常突出、研究领域极其鲜明的学者,但朱先生坚信虽然学科有边界,而学术无禁区,学术无国界,学术面前人人平等。其中的关键就在于研究主体是否具有解"绳"开"结"、剥茧抽丝、牵一发而动全身的理论自觉意识与学术使命感。

由此,我们不难窥见朱先生数十年如一日专力于现代文学研究的内在动因,那就是将研究对象作为思想与审美的结合体,作为历史与现实的连结点,作为对象主体与自我主体的凝聚物,重重探索,层层挖掘,不懈拓展,直至建立起属于自己的学术体系。朱先生曾自述自己的研究历程可分为突出重围、纵横求索、重在建构三个阶段,这三个阶段实质上也是朱先生学术追求以及学术思想发展的三个层面。以他自己的学法,"突出重围"也好,"纵横求索"也好,"这都不是我致力于现代中国文学研究的宗旨,仅仅是策略性的举措和行为,其目的是想在自己耕耘的学术园地里有所收获有所建构"(《朱德发文集·代弁言一》第一卷,第10、11页)。这里虽然不无自谦的成分,却透露出朱先生孜孜以求的最终目标之所在。实际上,无论是早期的篇章,还是晚近的论著,朱先生的研究几乎始终体现出对于建构理论体系的冲动。作为研究者,狐狸型常常喜欢在不同的领域发出各种声音,而刺猬式则致力于建构体系,朱先生正是立足于现代文学领域建立起属于自己的学术思想体系。如果说狐狸的多元观点尽管不乏惊人之论,但由于缺乏充分的逻辑与论证,因而不能建立体系;

那么刺猬则相反，不求惊人之语但求逻辑严密，不作无根之论，唯求真相与价值的统一。在朱先生这里，他的观点与他的论证，他的思维路向与他的价值立场，他的审美感悟与他的思想发现，他的历史意识与他的理论创举，都是同等重要的研究要素。唯其如此，朱先生的学术研究多有现代文学研究领域的"集大成"之作，所取得的学术成就充满着丰富的创造性和值得深刻挖掘的理论价值。

三

从历时性的研究过程来看，我们不妨把朱先生的学术研究分为四个阶段：一是学术研究的压抑期（70年代中期至70年代末）；二是学术思想的形成期（70年代末至80年代中期）；三是学术思想的拓展期（80年代中期至90年代末）；四是学术思想的完善期（21世纪以来）。在整个历程中，朱先生先后确立了作为启蒙家的现代文学学者、推动学术范式转型的文学史家、在研究实践中建构学术体系的文学理论家这样三个层面的学术形象。

对于20世纪80年代以后成长起来的学者来说，他们也许很难切身体会极"左"思潮对于研究者那种沉重的压抑，但朱先生对此有着挥之不去的强烈体验。任教从研的那段历史使他深深感到只能"把诸多困惑积压在心底，根本不能表述作为一个大学教师的社会良知和学术见解"。1978年的学界解冻，使朱先生有机会发现了被长期遮蔽的"五四"文学的本来面目，也找到了突出重围的突破口。就像初步从黑暗的中世纪走出来的思想家一样,借过去以观照当下,借历史以言说自我,成为朱先生这阶段锐意择取的一种存在方式。尽管新的现实环境与文化语境并非一帆风顺,亦常有新的禁忌与雷区,但"逐步撕开眼帘被遮蔽被欺骗所出现的学术假象和知识虚幻",从历史的迷雾中"发现真理之光和原创之理",让研究主体充分"体验到人生真谛和审美真趣"(《朱德发文集·代弁言一》第一卷,第7页),这一切已如鲠在喉,不吐不快,亦如箭在弦上,不得不发。从某种程度上说,朱先生的这段被压抑的历史以及强烈的被压抑感之于其学术思想的建构,并非可有可无的学术空白期,它是民族精神创伤与个体心理创伤的结合体,带有动机论意义上的情感原型价值。此后朱先生的审美志趣、研究选择、思想倾向以及强烈的学术激情都与此生命体验有着内在的关联。

也是由于这一原因,当第二阶段朱先生正式踏上科学研究的道路时,他已经站在了时代与个人相结合、学术与思想相激荡的一种历史性的高度上。从"五四文学初探"至"中国五四文学史"的系统集成,朱先生牢牢树立起一个作为启蒙者的现代文学专家形象,并形成了较为完整的人学思想体系。

梁启超曾指出:"新学问发生之第一步,是要将信仰的对象一变为研究的对象。既成为研究的对象,则因问题引起问题,自然有无限的生发。"(梁启超《中国近三百年学术史》,中国社会科学出版社2008年版,第64页)重读朱先生关于"五四"文学的初探系列,我们会发现,其中每一篇什莫不是在追索重重历史疑问与主体思想困惑中行文成稿,在重估一切价值的理念下结构篇章。所有未经研究主体之理性检验的先验"真理"和既定信仰，都要置于理性光芒的照耀下，都要变成问题本身。朱先生早期有一篇对于冰心早期"问题小说"的长篇论文，从中我们即可看到梁启超所谓"因问题引起问题"从而引出"无限的生发"的问题链与逻辑链。在这里，对象自身的问题与主体自身的问题相碰撞，历史问题与现实问题相对接，审美问题与价值问题相撞击，现象问题与理论问题相结合，尖锐的问题带动着理论规律的运演与发人深省的学术发现。

对于冰心早期"问题小说"，新中国成立以来的评价"总的倾向是贬多褒少，甚至有的被视为消极或反动的作品"。朱先生认为"这种指责，既不符合冰心早期作品的内容实质，又不符合无产阶级和人民大众对新文学的要求"。这里流露出朱先生从事文学研究在学术问题层面上的两个动因：一是要还原历史的客观；二是要还原历史的价值。通过这两个方面的还原，朱先生进一步确立起学术价值层面上的研究理念："凡是有利于人成为真正的人，有利于人从压迫和奴役所造成的科学文化的愚昧状态下解放出来，有利于人从旧传统旧习惯里挣脱出来，有利于人的审美意识全面发展的一切题材，无产阶级和人民大众都是欢迎的。"（《朱德发文集》第二卷，第150页）这种新的文学价值标准成为研究主体探索对象世界的锐利的解剖刀。由冰心小说，朱先生的思维逻辑推导出水到渠成的结论：坚持现实主义原则，从五四时期的现实生活提炼具有社会意义的题材，表现富有时代精神的主题，提出与社会人生迫切相关的问题，引起社会的普遍关注，这是"问题小说"总的思想特色（《朱德发文集》第1卷，第168

页）。在环环相扣的思想生发中，关于"问题小说"是否"只问病原，不开药方"的疑问，关于其是否是那种"知识分子没有勇气投入现实的战斗，便致力于抽象地探索人生意义"的责难，在一篇文章中都能由点及面地全面深入地探讨出独到的结论。

研究一个学者的学术思想，既要考察其学术问题的层面，即他提出的问题是什么，他提问问题的方式怎样等，又要考察其学术价值层面上的旨趣和最终指向，即他通过学术考察与论证要通往怎样的理论目标和价值建构，同时还要关注他打通学术问题层面与学术价值层面的逻辑链是怎样的，这属于学术方法层面的问题。学术问题系统、学术方法系统与学术价值系统三者共同构成学术思想体系的整体结构。在学术思想体系的建构中，学术问题与学术价值是相对静止的两个层面，也比较容易为人所辨识。学术方法系统则是在动态的逻辑流程中建立起来的，它既内在地联结着问题与价值，其自身也创造着新的价值。70年代末80年代初，从阶级论/机械论方法脱颖而出，走向人文主义思想方法，成为研究界主流的学术趋向。在这一转型过程中，朱先生形成了独具特质的人学思想方法。

从朱先生早期对《狂人日记》的文本细读中，我们就可看到他作为启蒙家的独特的思想气质与逻辑指向。《狂人日记》因其对于封建制度与礼教的"吃人"本质的彻底揭露，长期被视为鲁迅在那一时期即接受了马克思主义思想影响的产物，并对阶级社会的历史有了朴素的阶级观点的证明，但是在朱先生的分析视野之下，鲁迅创作《狂人日记》的主要指导思想，不是受了马克思主义影响的阶级论，而是进化论和人道主义。这里的分析方法是颇值得我们关注的。他认为《狂人日记》无论是对于社会"吃人"的看法,还是家庭"吃人"的看法,都是以"人道"为准绳,将人分为"吃人者"和"被吃者"。而小说剖析历史上的"吃人"史实时,同样也不是无产阶级思想影响的阶级观点,"而着重以人道主义作为戳穿一部封建道德吃人史的思想武器"(《朱德发文集》第一卷,第 191 页)。

朱先生对于吃人现象的社会文化逻辑与狂人心理逻辑的分析表现出极为细腻深微的透视能力与鞭辟入里的逻辑力量。比如,他认为狂人对大哥的"劝转"内容和态度,及其所采取的实际方式,实质上是一条"人情感化"的道路,即企图以"人间的理性"(周作人语)启发人的觉悟,使之回到"真的人"的路上来。由此,他指出《狂人日记》的艺术描写所体现出来的审美观、艺术观、社会观和历史观等,所有这些因素的理论基础都出于人道主义。80 年代最初的几年,国内理论界仍然在为"异化"问题以及人道主义是不是"马克思主义必不可少的因素"、人道主义是不是真理等问题争论不休,而在朱先生独特的人学分析方法之下,已经不需要纠缠这些问题,真正的问题已经在超越中诞生。朱先生辩证地强调,我们既不能苛求鲁迅彼时的世界观和拔高彼时的思想高度,也不能反过来降低马克思主义的标准,不能把《狂人日记》所触及的阶级对立现象说成是受无产阶级思想影响的阶级观点。我们不难注意到,朱先生的这种强调尽管充满着辩证唯物主义的方法意识,但并非为了突出马克思主义的真理地位,恰恰相反,他更重要的目的是凸显出人道主义的历史地位和审美价值。他真正想强调的是:"深受人道主义影响的革命民主主义思想家或作家,他们并不都是抹杀阶级矛盾和阶级斗争的,是能够看到社会的阶级对立并在文艺作品中予以反映的。"(《朱德发文集》第1卷,第196页)在这里,朱先生既要为被长期曲解的现代文学作品恢复本来的历史面目和思想面目,又要为人道主义正名,更要为现代人文知识分子的启蒙思想和自身立场正名,同时也显示出,作为后"文革"时代最早一批启蒙知识分子,朱先生亦在迫切地从五四时期汲取借以前行的知识资源、思想资源和理论资源。

四

朱先生发表的学术论文与出版的学术专著数量都很多。但在某种意义上,我认为朱先生首先是一位"著作型"学者。当然,我这里说的"著作型"只是相对"论文型"学者而言的。两种学者无高低之分,主要是指思维方式与研究习惯方面的微妙差别。对"论文型"学者来说,较之撰写专著,更乐意发表论文。因为他感觉自己的某些发现或某些学术观点,在论文中就可以表达得很充分和完整,读者不一定需要在他的著作中作进一步的了解和钩沉爬梳。而"著作型"学者则更酷爱撰写大部头的著作,发表的论文大多与著作的体系和语境关系密切。2014年山东人民出版社出版的十卷本《朱德发文集》,由朱先生亲自编定,其中很多重要篇章即取自先生各个时段出版的学术专著,而非取自发表的论文。这也可见,先生本人非常重视自己的著作。在朱先生看来,某些重要的话题,某些重要的观点,只有置于整体思想框架和话语系统中,才会论述得更加清晰和透彻;而论文限于篇幅和编辑的要求,有时候会让朱先生感觉在思维上伸展不开手脚。同时,也有少部分论文的论题,因朱先生后来的学术思想有了深化,在专著中进行了拓展。因此,本书的部分论文在选编时做了一定的改动,并加以注明,力求接近朱先生学术研究的本意。总体上说,朱先生的学术研究气势恢宏、体大思精、逻辑严密、建构性强,因此另一方面,精选先生的论文时既要关注到论题的代表性,也要兼顾到所选论文之间的互文性,使其能够透露出宏大的体系背景和大师风貌。

朱先生先后发表学术论文 260 余篇,本书以发表时间为序精选了 36 篇。除了基于对先生思想体系与学术思想的上述管窥和编选原则以外,还需要说明以下几个方面的"兼顾":第一,适当兼顾首尾。"精选"的第一篇虽然不是朱先生的处女作,但系先生正式发表的第一篇"正规"的学术论文。"精选"的第 36 篇虽非先生的绝笔之作,确是先生生前发表的最后一篇学术论文。第二,适当兼顾朱德发学术编年史的意味。除了个别年份,基本上每年选取一篇代表作。第三,适当兼顾朱先生的当代文学研究与作品评论。朱先生在中国现代文学研究领域卓有建树,但先生也发表过一些当代文学领域的论文。另外,朱先生的学术论文以宏观研究的长篇大论居多,但先生也有部分论文以文本细读见长。因此本书特选一篇关于莫言《丰乳肥臀》的文本细读以飨读者。

衷心感谢母校和魏建教授高屋建瓴的设计和指导!当我把初选的论文目录及出处发给魏建教授时,其中的《五四文学革命指导思想商兑》是唯一一篇暂未找到原发刊物的论文,便暂时先注为选自《五四文学初探》一书。没想到,魏建教授一眼就发现了,并立即告诉我,该文应该是以论文的形式发表于1983年的《文学评论丛刊》。按图索骥,很快我便从南京大学文学院图书馆借到了这本现已更名的原刊。足见魏建教授对于朱先生论著熟悉程度之高。最后,魏建教授与我对着36篇精选论文,反复推敲。我们一致认为,选进来的每一篇的确都是朱老师的代表作。虽然还有一些重要论文未选进来,系因限于本书篇幅和兼顾先生研究领域的全面性,应该可以理解。与魏建教授的这次合作令人难忘。

衷心感谢山东人民出版社和责编李怀德先生的辛勤付出与倾力支持!李怀德先生与山东师范大学现当代文学学科有长期的合作,与朱德发先生有深厚的感情,他还是5年前十卷本《朱德发文集》的责编,对朱先生著述熟悉的程度可想而知。这次时间紧,任务重,要不是怀德先生下决心克服一切困难按时完成,本书的顺利出版难以想象。怀德先生崇高的学术情怀与严谨的敬业精神让人钦佩不已。

特别感谢参与本书核对工作的同学们!他们是:在站博士后董卉川,三年级博士生王振、余凡、袁文卓,二年级博士生的张宇、任一江,一年级博士生的徐莉茗、姜淼、毛丹丹、康烨,三年级硕士生田青艳、张鑫,二年级硕士生的王桃桃、张云舒、唐越,一年级硕士生的孙琳、张匀匀、王凤华,应届本科毕业即将读研的王文君。已经毕业好几年正在忙于工作的王冬梅博士闻迅也特意赶回学校请缨受命。

根据李怀德先生的要求，这次"精选集"必须符合最新的出版规范。其中难度最大的一条就是，本书所有的注释和引文，不仅要全书统一格式，所有引用文字必须与原文重新核对一遍，而且要完全符合最新的出版规范以及注释文字的体例要求。比如：过去发表论文有时候忽略的页码、译者等注释项，要求加全；过去注释上笼统点的地方要求明确化；过去引用文字的出处不够权威的要求修改为权威版本。根据怀德先生的估计，按最新出版要求以及编排中可能会出现的错讹，需要校对改加的地方"几千处不止"，必须以高度负责的精神认真核校，方能符合出版要求。为此，大家把手头上其他事情一律按了暂停键，连续数日泡在图书馆内投身查阅和核校工作。尽管如此，在这个过程中，我们还是遇到了比预想的难度还要大的困难。其中一个困难就是，朱先生早期论文注释中援引的许多版本系出自五四前后的原刊，我们也是找到繁体竖版的原刊进行严格的校对，但这样一来，有些用词和表达方式与现在的要求差别比较大。同时，不少文献在后来的重版中常有文字改动的地方，而现在人们更习惯于使用重版修订后的版本。为此，我们与出版社之间反复交流，商讨解决办法，前后通过快递往返清样三次，然后又直接通过微信图片处理，直至达成妥善的解决方案。感谢他们为本书付出了大量的辛勤的汗水！

当然，对于身为弟子的我和"再传弟子"的同学们来说，投身这项工作还有着更为特殊和深远的意义。这既是一次科学研究活动和学术规范的严格历练，也是一次集中学习先生学术精神、感受先生学术魅力的宝贵机会。大家纷纷表示，有这样一个机会核对朱先生的大作"非常荣幸"。人们常常以"不忘初心，砥砺前行"自我激励，于我而言，重读先生论著正是一个回归初心的过程。一看日历，今天恰好是五四运动一百周年纪念日，冥冥之中仿佛不仅仅是巧合。朱先生与我们同在，就是初心永恒的保证！

2019 年 5 月 4 日于南京仙林
修改于 2019 年 6 月 23 日

您就是那束永远不灭的"启蒙之光"
——怀念董健先生

一

2019年5月12日下午,敬爱的董健先生遽然离去,惊悉噩耗之际,那意外的悲痛和打击无以复加,难以言表。董先生身体一直比较硬朗,很少生病住院。虽然眼睛不好,但身体素质和身体机能都很好。关键是董先生晚年思维的敏捷、思想的活跃、记忆的准确以及理论的深刻一如既往,从无退化的迹象。我与董先生见面的机会比较多,对此特别有感触。就在近两三年,还刚刚发表了题为《在不断的自我反思中追求真理——董健先生访谈录》的长篇访谈录。而且就在几个月前,我还去董先生家专门商量了下次谈话的题目、提纲与详细计划。聊完后,健谈的董先生意犹未尽,精力很好,我还陪同先生在他家旁边的湖边散步。可是,先生就这么突然地走了,即便用天妒大师、生命无常这样的慨叹之语也无法索解这意外带来的震撼。先生逝世后，每每思及，总是痛苦难耐，顿处悲恸之中，写不了一个思念的字。一年来，在董先生身边近二十年的点点滴滴、一次次聆听教诲所受到的无穷教益，不时浮现在脑海中，是那么清晰，又那么令人心痛。一次次受教的情景如在眼前，但又确实只能出现在记忆中了，这又加剧了心痛的感觉，如此循环往复，痛彻肺腑。

虽然我没有能够直接做过董先生的弟子，但有幸得到董先生无数的厚爱和耳提面命的教诲，应该早就算是先生的编外弟子和助手。而且这许多年间，虽然我在董先生面始终执弟子礼，但董先生对我从来不端架子，几乎是无话不谈，一任性情挥洒。可是，这种特殊的和深厚的感情，以后只能在冥想中与天堂里的董先生畅叙了。

说起来，我与先生的特殊感情也有着深厚的渊源。我的导师朱德发先生与董先生是多年的老朋友。2001年我进入南京大学中国语言文学系博士后流动站工作时，董先生是流动站的站长。因此，朱先生除了向我的博士后联系导师叶子铭先生推荐我外，也向董先生作了介绍。记得2014那一年我在韩国外国语大学做客座教授，9月份专程回国参加在济南举办的"朱德发及山师学术团队与现代中国文学研究"学术研讨会。那一次回国还有一个重要任务就是全程陪同董健先生往返济南与南京，董先生是那次会议特邀的少数外地专家之一，也是中国现当代文学学科第二代学者的重要代表人物。那次活动先是学术研讨会，研讨会结束后，留下朱先生与弟子们再举行小型的以畅叙师生情谊为主题的活动。董先生除了参加学术研讨会，也兴致勃勃地参加了这次师生欢聚活动。董先生不时插话，幽默风趣，性情率真，他的友情出场使会场增添了很多欢乐的笑声。回想起来，能够与敬爱的健康的恩师们一起开怀笑谈，这是多么奢侈的人间幸福啊！

记得我有一个在出版社工作的同门师弟，业余钻研中医数年，颇有心得，而且对自己的医术比较自信。晚饭后，我还专门请他为董先生把脉，他很肯定地说董先生的身体机能健康、有力，只是有少许不成气候的小问题，平时注意调理就可，并口述了一个调理的方子。我听后非常高兴，董先生也很认同我师弟对他身体状况的分析，认真地记住了方子，也答应回去后一定按该方调理。

而 2015 年 11 月，"董健学术思想暨南京大学戏剧影视学科传统研讨会"在南京大学仙林校区举办，朱德发先生也是唯一从外地特邀的董先生的老朋友的代表。那次来南京，朱先生入住鼓楼校区的宾馆，与仙林校区距离比较远。会议前一晚，朱先生不但精心准备了发言稿，还再三叮嘱我次日早晨一定不要因为早高峰堵车而迟到。我深知朱先生过度的担心是因为太重视这次会议了。为了让朱先生放宽心，我提前几个小时开车把朱先生接到仙林校区，在我的办公室里等待。二位先生之间的深情厚谊由此可见一斑。尤其令人心痛的是，虽然朱先生来南京多次，但 2015 年 11 月是朱先生最后一次来南京，也是我最后一次在南京陪同朱先生。这次朱先生到南京，仍然是精力很充沛的样子，不但让我陪他转了好几个地方，而且还颇有兴致地参观了我的新家。但这次我也发现了一点小问题，就是朱先生去厕所的频率明显比以前高。但朱先生很肯定地表示自己没什么健康问题，我想那可能就是老年人常见的尿频现象。而且我们还说好来年我们专业有个较重要的学术会议，届时请先生拨冗前来，也可与董先生再见面叙旧。后来方得知，那时朱先生身体已经有较严重的隐患，无情的病魔阻止了这一愿望。

我对董先生深厚特殊的感情还有另一个缘由，同为山东人，生活习惯接近。我们都很喜欢吃山东的煎饼。有时候山东有亲友来南京时带些当地的煎饼，我就会送到董先生那里一点，每次师母华老师都开玩笑说，董老师吃起煎饼来收不住嘴，老是吃得太多。有时候董先生家里有了山东过来的煎饼时，也会分给我一点，我更是如获至宝。我们还都特别喜欢早餐时吃油条。每次与董先生出差时，师母华老师会嘱咐一下，看着点，别让董老师吃油条和喝酒，对身体很不好。但是"兵在外将命有所不受"，只要到了外地，虽然不能尽兴，早餐时我们还是抵抗不了从小养成的胃口的诱惑，吃点油条。董先生偶尔也会喝二三两白酒，适可而止，身体反应也很好。

而且更为巧合的是董先生年轻的时候就在我老家工作过。有时候，兴致来了，董先生会详细地与我聊起当年的情况。董先生出生于山东寿光。1951年，也就是15岁读初中二年级的时候，他报名参加政府公务员培训班，经一个月"政治培训"后于1951年8月被分配至山东省人民政府沂水区专员公署民政科当文书，管文件收发、保管及抄抄写写等文书任务。董先生说，当时作为一个"地主出身"的15岁少年，成为政府的干部，穿干部制服，吃"供给制"，未受歧视（周围都是年长的"大哥""大姐"或者老干部），"心情一时颇愉快"。他还清楚记得，第一次参加机关政治学习，学的是苏共十九大文件，讨论马林科夫的政治报告。"共产主义理想"这些概念，深深地扎根在脑海里。列宁、斯大林等名字，成为心中不可动摇的偶像。是年11月，还加入了共青团。

两年后，沂水专区与临沂专区合并，也就是董先生17岁的时候进入临沂地区干部学校接受政治培训，然后被分配至临沂专署卫生科任文书。考虑到自己中学未毕业就从政，遂入机关干部业余文化补习学校高中班学习，力争二至三年内补上高中文科课程。同时于这一年开始业余学习俄语。那时全国掀起俄语热，各地电台都有俄语广播学校。董先生非常用功，自费订阅了中国出的俄文报纸《友好报》《少先队员》等，于1955年居然拿到了上海俄语广播学校的毕业文凭。正是因为这几年的刻苦，1956年国家号召"向科学进军"，鼓励机关年轻干部报考大学，董先生赶上这一波幸运的潮流，于9月以第一志愿考入北京俄语学院，享受"调干生"待遇。董先生多次开玩笑说，要不是搭上这一班车，很可能现在还在我的老家临沂工作，当然很可能也是有一定级别的官员。

二

我对董先生最为感恩的是他对我关于启蒙问题的研究方向和基本价值立场的鼓励、启发和教诲。在我来南京大学的近二十年中，每当我有问题要请教，或者有话题要讨论，包括有事情请先生帮助和提携，董先生从来是有求必应，从无例外。我也成为先生家中的常客。有好几次这样的情境让我特别难忘：早饭后，我来到先生的书房，师母提前泡好了一大壶茶，两个杯子，一个热水瓶。董先生说这是一种特殊的喝茶的方式：不需要像一般茶道那样不断地冲热水，倒来倒去，很费时间；只需要从大茶壶里取一杯，如果嫌凉就从热水瓶里兑点热水，夏天的时候喝温凉一点的茶则有助于降温解暑。然后就是我与先生请教、交谈和讨论的幸福时光。有时候为了讨论或者解决问题，甚至过了吃中午饭的时间。有几次，我突然发现时间太晚了起身告辞的时候，华老师把一包装好的午饭递给我让我带着吃。原来细心的师母不忍心打断谈话，也提前给我准备好了午饭。先生仙逝后，我每当想起那一次次闲谈中所受到的精神上的震撼，一次次讨论中所领受的莫大的学术上的教益，都会有一种揪心的痛苦袭来，"一夜思师泪，天明又复收"，此恩此情，让人如何放得下。

近二十年来，或因参加会议或专程陪同，我与董先生一起外出过多次，但其中有三次北京之行，具有特别的意义。这三次北京之行都与教育部哲学社会科学研究重大课题攻关项目"现代启蒙思潮与百年中国文学"有关。早在 2005 年 5 月，教育部启动哲学社会科学研究重大课题攻关项目的选题征集工作，丁帆先生鉴于南京大学中国现代文学研究中心的研究传统、学术立场、研究优势，同时根据对中国现当代文学领域研究现状与研究趋势的判断，与我商议设计了这一课题上报。2005 年 10 月，该课题正式列入教育部重大课题招标项目。应该说这是有关现代启蒙思潮的文学研究首次列入国家级的重大课题，在一定程度上标志了中国现当代文学研究的领域和视野得到了突破性的拓展。而且那个时候，国家级的重大课题处于起步阶段，课题量非常少，国家社科基金规划办的重大项目类型也尚未开始。因此，全国各大高校、学术团队与重量级的学者对教育部重大课题招标项目极其重视，不但精心组织攻关团队，严密设计课题内容，而且常常是很多团队竞争一个项目。果然，该课题立标后，直接参加竞标的高校团队就有8个，好几个团队的首席专家都是20世纪30年代出生的本学科权威专家。竞争非常激烈。丁帆先生请董健先生担任了该项目的首席专家，时势使然，董先生欣然负责起来。首先组织起了一个跨学校、跨领域和跨国家的研究团队。论证工作的准备阶段也非常充分，仅学校社科部门组织论证就有两次，而且社科处处长也带人与课题组的竞标人员一起赴京提供必要的支持。

  第一次赴北京是2005年11月29日。董健先生、丁帆先生与我一起赴北京参加了投标工作。记得在竞标现场，我们三人一字排开，董先生负责答疑，丁先生负责汇报，我负责技术操作。在激烈的投标竞争中，本团队最终胜出，获准立项。第二次北京之行是2007年7月，董健先生、王彬彬先生与我一行三人代表课题组赴北京，按重大课题攻关项目的管理要求，接受中期检查评估。顺利通过中期考核。重大课题从启动到完成时隔5年，按教育部要求参加现场鉴定会答辩，于是有了第三次北京之行，即2010年5月28日。董健先生、王彬彬先生与我带着课题组的最终成果与相关材料赴北京，记得入住的是北京永兴花园饭店。经过几个小时的汇报、答辩和鉴定专家组的充分评议，顺利通过结项。围绕着董先生主持的"现代启蒙思潮与百年中国文学"的研究工作，还有非常多的值得怀念的事情。比如，2006年6月25

日，在南京大学举行了隆重的开题报告会。2008年3月在南京国际会议中心召开了大规模的"启蒙思潮与百年中国文学"国际学术研讨会，在学界产生了较热烈的反响。再比如，2010年10月，作为项目研究中期成果的近百万字的《启蒙文献资料选编》分"中国卷"与"外国卷"由上海人民出版社出版。

在持续数年的整个项目工作和研究过程中，我作为子课题负责人之一，同时作为董先生的助手，有幸全程参与各个环节。也正是在这一过程中，我有了更多的机会管窥董先生的满腹学问与精神状貌，悟到了很多很多东西，也学到了很多很多东西。特别是那种发自性情的对于学问的执着与严谨、那种远离世俗与世故的纯粹的学者情怀、那种基于现代启蒙立场的知识分子精神、那种敏锐地提出问题严肃地解决问题的现实感等等，于长期的潜移默化中深刻地影响着我、引领着我和塑造着我。

能够有较多的时间伴随在董先生身边，还来自另一种与工作联系在一起的机会。2007年的时候，董健先生提出从江苏省当代文学研究会会长的位置上退下来，经过该年度学会会员代表大会的选举，王彬彬教授担任研究会会长，董先生担任名誉会长。在会长的提议下，我担任了该学会的秘书长，具体负责会务工作。虽然董先生退居二线，但是每一年的学术会议仍然应邀积极参加，这一习惯在董先生患上眼疾以后仍然延续了好几年。董先生不辞辛苦，不计功利，从行动上无私地支持和提携更多的后辈学者成长。

三

无论何时何地，向董先生请教，与董先生聊天，或者跟董先生讨论问题，总能收获莫大的启发、激励。记得早在21世纪初，有一次向董先生请教后，按捺不住激动，整理了一篇题为《启蒙：未完成的现代化课题——访南京大学文学院院长董健教授》（《现代教育导报》2002年5月2日）的访谈。在该文中，董先生及时、敏锐地总结了20世纪90年代以降思想界出现的几个潮流及其存在的问题。

长期在董先生身边工作，我渐渐发现董先生在思维上有着鲜明的特点，也有着许多让人可望而不可即的过人之处。第一点就是，董先生的记忆力惊人。这种惊人的记忆力不是表现在生活琐事上，也不是那种单纯的死记硬背的能力，而是一种他把握人文思想的独特逻辑的过人能力。不论是与学问相涉的思想观点，还是与社会问题相关的现象，不管是自身经历过的历史变迁，还是研读过的理论与文本，董先生随口提起时，都常常清晰、准确地如数家珍，甚至像从电脑网络中查找出来一样。记得有一次我们要准备讨论文学的价值观问题，董先生建议应该涉及对主流意识形态倡导的社会主义核心价值观与价值体系的分析。当时，董先生因眼疾已经不方便读书看报，我便在一次外出开会散步时，将查到的准确内容给董先生读了一遍，文字很长，但是董先生只听了一遍就准确无误地复述了出来。后来，我们在一起正式讨论时，董先生也会随时一字不差地引用。因为我自己对有些绕来绕去的话语总是记不准确，哪怕刻意去背也达不到准确无误的程度，所以对于董先生过目（耳）不忘的功夫，我不得不暗暗称奇。

第二个特点也许能够部分地解释第一点，那就是董先生的话语逻辑之鲜明之严密，极为突出，在我能够接触到的先生同代人中无出其右者。这不仅表现在他的演讲和报告中，也体现在文章写作中。也因此，董先生的许多观点总是具有强大的穿透力和感染力，让人印象深刻，心服口服。而且，董先生在任何场合讲话时，几乎从来不使用稿子，凭着惊人的记忆和强大的逻辑，信口道来却不散漫，枝蔓全无而自成一体。很多听过董先生讲演的人聊起董先生的时候，无不对先生的话语天才久久难忘。

第三个特点是董先生在学术理论上自成体系，与此有着内在相关的表现就是他对研究现状的把握高屋建瓴，对于学术界诸多浮泛的现象有自己独特的洞见，并且能够一针见血地抓住问题的本质。记得很多年以前，有一次董先生与我聊到我一篇论文的观点和思路时，特别指出我文章中使用的一个称为"前启蒙"的表达方式不太合适，可以考虑换个别的说法。类似"前现代"的说法在理论上是通的，因为从时间性上来说，"前现代"是存在的，这样的说法也是合理的。但"启蒙"作为人类的一种智慧启迪和自我觉醒，很早就存在，并非从哪一个时代才完全开始。在西方，并非从启蒙时代才有了启蒙；在中国，也并非从五四时期才开始有了启蒙。我们只能说，五四时期开启了现代启蒙。我在用"前启蒙"这一概念的时候，主要受"后启蒙"说法的影响，没想这么多。经董先生指正出来，我才恍然大悟。由此可见，对任何一个概念的使用必须充满敬畏感。如果想创造一个概念或话语，就必须在学术理论上讲得通，然后才能谈得上创新的问题。

董先生患上眼疾以后，不方便阅读，更不方便写作。但是先生的思维和创造力并不受影响。这样由先生口述再由学生整理，或者以对话、访谈的形式请先生留下更多的学术观点，就成为非常重要也极为必要的方式。我与董先生商量过一个比较长远的计划，列了一系列比较重要的话题。其中有的对话话题则是由好几位刊物主编分别通过我向董先生约定的。每次对话的流程是先确定讨论的题目，然后分头思考和准备，再集中时间讨论，后根据录音和记录整理成长篇对话文章。像《东吴学术》主编林建法先生约的长篇对话《文学创作与文学研究中的价值观问题》，发表于 2012 年第 3 期。该讨论从四个层面对该论题进行了分析和构建："文学中的价值观内涵及其当下性""价值观的混乱及其社会历史根源""文学中的价值观问题及其表现""如何重构文学的价值观"等。

董先生感兴趣的往往都是学术性与思想性相结合的重大课题，基本上都属于针对当下某一突出现象同时在某一学术层面上又具有重要建构价值的话题。比如，有一次我们有感于民族主义文化思潮的兴起及其所存在的问题，便将其选定为讨论的对象。后来我整理后，发现我与董先生的思考都有相对完整的思路，便以一组论题两篇论文的形式发表在《探索与争鸣》2013 年第 4 期。董先生论文题为《民族主义文化情结：消解启蒙理性，阻挠人的现代化》，我的题为《民族主义文化思潮新面孔及价值乖谬》。二者在具体的论题、思路与观点方面彼此呼应，形成互补之势，其中渗透了先生许许多多的心血。比较近的一篇访谈发表于《新文学评论》2016 年第 4 期，题为《在不断的自我反思中追求真理——董健先生访谈录》，在该文中，董先生以一个文学史家的身份从"如何走上文学史研究道路""文学史研究道路以及对文学史研究的反思""当代文学史研究过程中存在的问题与困境"三个方面系统地进行了回顾和总结，较完整地展现了一位资深文学史家的大智慧和风采。

尽管近些年大家都知道董先生患有眼疾，但由于董健先生巨大的学术影响力和社会影响力，依然有不少大刊物的主编向先生约稿。有的主编通过我约董先生，并直接告诉我只要董先生能够答应，身体情况能够允许，就以访谈的形式或者对话体都可，他们"都将荣幸之至"。实际上，我在董先生身边的近二十年中，凡有真诚约稿的，我能够看到和知道的，董先生未曾拒绝过一次。董先生深知，办刊不容易，办刊有自己的思想理念和价值立场更是让人尊敬，而自己亦应有思想者的使命和担当，因此总是不辞辛苦去完成。写到此处，我突然一阵鼻子发酸。因为，还有好几个计划，有好几个约稿，我与董先生已经商量好，要做下去的。按照董先生的脾气，答应好的事，是一定要完成的。可是……

每当想起与董先生在一起的这些年，每当想起董先生给我的莫大教益，一幕幕场景如在眼前，一句句话语如在耳边，缅怀之情难以排解，感恩之心无从寄托。想起2006年董先生给拙著撰写序言，借用了歌德临终时说的话作为题目："打开窗户，让更多的光进来！"在我心中，董先生就是那束光，就是那束永远不灭的"启蒙之光"！

2020.07.12

辑二

读史与随感

民初思想界的自杀风潮

不少学者注意到，戊戌变法失败后和 20 世纪初，有好些留学生知识分子曾不惜个人生命，献身革命，其中有好几位知名人士蹈海自杀。他们之所以选择死亡，不是因为"不值得活下去"，也不是为了在自我的毁灭中求欢乐的疯狂，而是为了要指导自己的"死"与民族国家的"生"联结起来。他们不是如海德格尔所说只有在死面前才知道生，而仍然是传统的"未知生，焉知死"（孔子），因为知道了生的价值才去死，即以一己之死来唤醒大众的生（参见李泽厚：《李泽厚十年集（1979—1989）：第 3 卷 中国现代思想史论》，安徽文艺出版社 1994 年版，第 211 页）。但似乎较少有人注意在辛亥革命爆发之后、民国缔造之际也有如此一种自杀和采取自杀行动的风潮，但其动机业已不同，且要复杂得多了。

1911 年 10 月 10 日武昌起义与 1912 年民国成立，对许多知识分子来说这两个日子不啻是世纪末的来临，我们看：

1911年11月9日，林纾封存好家中的财物，携全家老少从北京避居天津英租界，叹曰："……焉能居危城，阖门殉老夫……"大有"身沦异域"之慷慨悲凉的意味。

1911年12月，王国维携眷随罗振玉逃居日本京都，开始过亡命遗臣的生活。罗振玉对王国维说："方今世论益歧，三千年之教泽不绝如线，非矫枉不能反经。士生今日，万事无可为，欲拯此横流，舍反经信古未由也。"从此王国维"尽弃前学，专治经史"。他曾多次想投"御河"自杀，终于于1927年6月2日在颐和园昆明湖为"文化神州"之衰败而殉身。遗书中曰："五十之年，只欠一死。经此世变，义无再辱。"陈寅恪在挽词中说："凡一种文化值衰落之时，为此文化所化之人必感苦痛。"

1912年5月，因"逃官"从上海赴日本的苏曼殊仅仅用了5天时间一气呵成了他日后广为流传的《断鸿零雁记》，主人公——他自身是一个"有愁无命"的性情中人。也就是在这一年，他做出了"死"的决定，他执行这一决定的方式是暴饮暴食，终于在1918年5月2日在上海医院了结了他的心愿。

1912年，梁济（梁漱溟的父亲）向神明和父灵起誓殉清，此后便竭其所能写下自尽的理由，并几度肯定自杀的誓愿，终于在1918年11月10日（一说农历十月初七）自沉于北平城北的积水潭中。梁济"殉清"之举在社会上引起轩然大波，众说纷纭。或以为"其忠于清所以忠于世，惜吾道不敢惜吾身"，竭力表彰其殉清之志。据《清史稿·梁济传》载："有吴宝训者，字梓箴，蒙古人。尝为理藩院员外郎。素与济游，闻济死，痛哭。越日，亦投净业湖而死。"

1912 年至 1913 年梁漱溟也经历了一番严重的精神危机，两度企图自杀。这番精神崩溃的搏斗，将他从一个具有激进色彩的西化派最终改变为"亚洲反现代化思想家中最为精深的一位"（艾恺语）。

1913 年 9 月 23 日，章太炎于监禁中拟自杀。其《家书》云："吾处此正如荆棘，终日无生人意趣，共和党亦徒托清流，未能济事。……展转思之，惟有自杀，负君深矣。然他人皆无可与谋，以疏阔者多，周密者寡耳。此书恐成永诀也。"时人又误传章太炎在被袁世凯软禁中亦遭不测，而章实有多次绝食之举。不过他的长女确于 1915 年 9 月 8 日自杀身亡。

…………

一批曾立于时代潮头的先进的思想家或启蒙学者何以到此时变成守旧的"顽固派"，从康有为、梁启超、章太炎、梁济，乃至最狂热鼓吹西学的严复等等，无不如此。这是一种怎样的现象？为什么？早在民初李大钊就对发生在眼前的这一自杀"风潮"作过探讨，他把自杀的原因看作模仿、激昂、厌倦和绝望的心理现象，而在其背后又存在着激发这些心理现象的罪恶黑暗的社会现象。其中绝望是最大的原因，在清末尚存有光复与共和的希望，人们忍受着压迫而其志不移；可是民国之后不仅理想与希望完全破灭，政治风气还更加恶化，因此伤心者在悲愤之余而自杀。——这是一种"从黑暗到绝望到死"的过程。对父亲之"殉清"久久难以释怀的梁漱溟后来也曾做过解释，他认为，这种变化和一个人的精神状态及年龄有关：当 40 岁时，人的精神充裕，那一副过人的精神便显起效用来，于甚少的机会中追求出机会，摄取了知识，构成了思想，发动了志气，所以有那一番积极的作为。然而到了60岁以后，人的精神不如往昔，知识的摄取力、思想的构成力都大不如前，所有的思想都是以前的遗留，没有那方兴未艾的创造。而外界的变迁却一日千里起来，于是乎就落后为旧人物了。胡适则不以为然，他以为，梁的这种解释不免有点"倒果为因"。要成为精神不老的人，必须具备一种永远开放的心态，养成一种欢迎新思想的习惯，使新知识新思想可以源源进来；同时，对于社会要极力提倡思想自由和言论自由，养成一种自由的空气，布下新思潮的种子，这样才能成就一个精神不老的人。《梁漱溟评传》的作者马勇则认为这两种解释，都有道理，但都显得不够。"从外部条件看，可能是中国的文化传统太顽固、太持久了，因而才使近代先进的思想家个个成为悲剧式的人物。"（参见马勇：《梁漱溟评传》，安徽人民出版社1992年版，第9页）

这些观点分别从人的生理的心理的内在根源和文化的社会的外在原因加以解释，最好的理解我想应是将这诸方面综合起来。一个人在家庭熏陶、社会环境、教育素养等的长期影响下会逐渐形成一种较为稳定的性格气质、思维方式、行为习惯、思想信仰，而这些方面又互为因果地构成一个人的完整的人格结构。在社会时代的动荡冲击下，不同的人格结构会因其向度、力度的不同而出现不同的反应方式，产生不同的心理的情感的变化，出现感情与理性的分离、直觉与理智的落差，乃至造成人格的分裂。美国汉学家约瑟夫·阿·勒文森在研究梁启超时曾指出，他"在十九世纪九十年代作为这样一个人登上文坛：由于看到其他国度的价值,在理智上疏远了本国的文化传统;由于受历史制约,在感情上仍然与本国传统相联系。"其实不仅梁启超是这样,"每个人对历史都有一种感情上的义务,对价值有一种理智上的义务,并且每个人都力求使这两种义务相一致"(约瑟夫·阿·勒文森:《梁启超与中国近代思想》,四川人民出版社1986年版,第3、4页)。但是处于新旧交替、从传统到现代过渡时期的历史人物往往并不能做到这种一致性。于是在变嬗交替、剧烈动荡的时代,作为时代思想的代言人和时代晴雨表的智识阶层就必然会出现人格分裂的现象。如王国维在18岁以前所致力的主要是传统的史学,甲午战争之年的维新热潮激发他开始探索新的学术道路,转向对以哲学为中心的西方文化进行广泛接触;但哲学并未能解决他对新与旧、中与西剧烈冲突所带来的困惑;于是他再转而从事文学,企图在艺术美学的境界中寻找到内心的平衡;然而辛亥革命的巨变粉碎了他的理想,也打破了他所力求的心理平衡。当他把民初的恶劣政局与西学的传播联系起来时,他对后者的信念也就不可避免地产生了动摇,终于传统本身重新燃起了他潜意识中的眷恋之情,促使他投身于古史考证的怀抱。

鲁迅曾在《现今的新文学的概观》一文中揭示过知识分子的这种先天性的缺陷:"希望革命的文人,革命一到,反而沉默下去的例子,在中国便曾有过的。即如清末的南社,便是鼓吹革命的文学团体,他们叹汉族的被压制……但民国成立以后,倒寂然无声了。……空想被击碎了,人也就活不下去……"也许只有像鲁迅那样经过寂寞如毒蛇般的咬噬之后,终于产生了"历史的中间物"意识，并能从这种反抗绝望的斗争中重新调整自我，在决绝中获得新生，从精神的涅槃中取得生命的重塑。这种精神的蜕变与更生过程是异常艰难的，对大多数人来说，如果没有一种超常的人格力量，是很难走出这一步的。于是更多的人从失望走向绝望、从绝望到回归传统，再也无力自拔，无力弥补感情与理性的背离状态。习惯于呼吸"天朝大国"之空气的守旧者或改良者，也许更难以接受的还有"真命天子"的消失而带来的难以承受的虚空状态。这也是我们理解这一现象所不容忽视的方面。

实际上，从民初到"五四"前夜，知识分子从某种理想主义转向非理想主义、从乐观主义转向悲观主义、从科学主义转向非科学主义、从热衷入世转向潜心出世者，大有人在。除了上述一类在民国缔造之时即发生这种转向者，还有相当一批则是由民初时情绪的兴奋状态中很快即跌落下来的。像号称"美男子"的李叔同，曾留学日本，加入过同盟会，曾为我国话剧史、美术史和音乐史作出过开创性贡献。1912年民国肇始，他以一首《满江红》激励了当时不少青年，词中有云："……魂魄化成精卫鸟，血花溅作红心草。看从今，一担好山河，英雄造。"可谓是意气风发，豪情干云。然而不出几年，他却看破红尘，视万贯如敝屣，置家室于不顾，于1918年8月，披剃于杭州虎跑寺。他的出家，震动了当时的教育界与文艺界。对于其出家的真实动机，当时中国、日本，以及南洋各地的新闻报刊纷纷著论，后人也多有研究。有谓他忧世嫉俗，有谓他祖业破产，有谓他忏悔余生。另外，如柳亚子认为有作为的知识分子遁入空门，不仅是他个人的悲剧，也是时代的悲剧。朱光潜认为："弘一法师……是以出世的精神做入世事业的。入世事业在分工制下可以有多种,他是从文化思想这个根本上着眼。他持律那样谨严,一生高风亮节,会永远廉顽立懦,为精神文化树立了丰碑。"李叔同的高足、著名美术家丰子恺认为"艺术的最高点和宗教相接近",弘一大师出家前后追求理想的虔诚和献身精神,"却是始终如一的"。(刘扬体:《流变中的流派——"鸳鸯蝴蝶派"新论》,中国文联出版公司1997年版,第77页)他还曾在一篇《陋巷》的散文中说,李当时"似乎嫌艺术的力道薄弱,过不来他的精神生活的瘾,把图画音乐的书籍用具送给我们,自己到山里去断了十七天食,回来又研究佛法,预备出家了"。《马一浮评传》的作者马镜泉、赵士华则认为李的出家实则是受了马一浮先生熏陶与影响之缘故,李曾在一封信中说到自己自从受"马一浮大士之熏陶,渐有所悟,世味日淡,职务日荒"(马镜泉、赵士华:《马一浮评传》,百花洲文艺出版社1993年8月版,第46页)。

当然我们还必须注意,这样一种心路历程在每个人那里并不是完全一致的,对不同政治理想、思想素质及传统影响的知识分子来说,这是一次极其不同的心理情感的强烈体验,其中存在着各式各样的区别,也存在着这样那样的不同规律。比如与上述"从黑暗到绝望到死"相联系也稍有区别的还有这样一个现象,即不少近代知识分子在辛亥革命前后经历了一种由儒转佛又由佛返儒的思想行程。像章太炎就从"由俗成真"的佛学最终转回到"回真向俗"的孔学;以"融贯儒释道"闻名于世的马一浮,虽曾广为方外高人所尊崇,最终亦弃释道而归儒;熊十力自谓"余平生之学,颇涉诸玄而卒本大易",走了一条从儒学到唯识再归周易的往返之路；而梁漱溟由儒到佛再折回儒的过程要更快一些。另外，像李叔同、彭逊之（马一浮的老友，曾一起研究易经）、谢希安（谢无量之弟，清末毕业于上海复旦大学，辛亥年间出家，后成为高僧）等为免于忧患，干脆剃度出家，再无还俗之理。其中缘由确值得后人深味与研究。

2000.05.22

时光，再慢些

也许你早就注意到，不知从什么时候开始，朋友见面或通电话时的第一句话总是"最近忙什么"。几乎在每个人的潜意识里都认为只有"忙"才是值得称道的，不忙即闲，闲即懒散，无用无能者也。我们在忙什么呢？无非从养家糊口、赚钱发财到关系人情、舞文弄墨等等。仔细想一想，这些又不外是"名""利"二字，而且时下风气往往是名利兼得，名因利而倍增，利因名又陡涨。于是乎追名逐利在各个领域各个层次上展开。人们仿佛全被赶到一条特大的跑道上，在这里时间就是生命，时间就是金钱，谁用更少的时间获取更大的效益，谁以更快的速度挖掘自身更大的潜能，谁就能在拥挤的人流中跻身于前列。很自然地，大浪淘沙、优胜劣汰已成为人与人、人与社会关系变动的一个铁的法则。然而更成问题的是，跻身前列者并不会产生松一口气的感觉，因为他前面永远有无数的前列在等着他追赶。

这就是时代的潮流，在这一潮流中，每一个人都是这样自觉又不自觉地、主动又是被动地追赶着时间，追赶着永远达不到的终点。于是，人的生命变成了一条时间的射线，永不回头，不拐弯，更不停留，体现生命价值的唯一标准即是他笔直前行的速度与效率。

因为只盯着这个方向，因为只追求着这个速度，有人发疯了，一夜之间猛贪百万不嫌多，或为牟取暴利不惜以牺牲无辜生命为代价；有人麻木了，将手术刀留在病人体内，或让结发妻子独守空房；当然更多的是那些还算清醒的普通人，他们没条件发疯麻木，也不愿意丧失良知，即便仅仅为养家糊口，或为活得"像个人样"也必须付出加倍的汗水。生命就这样在单向度地飞逝，我们彼此看到的总是一张张忧心忡忡的面孔与一团团行色匆匆的身影。

不知不觉间，我们突然发现自己的眼角间多了道道皱纹，我们再也没有了古人那"三十而立""四十不惑"的生命节律与时段感。可是我们仍然一无所获，我们连自己也不知道，或者根本就没去想过自己所孜孜以求的到底是什么以及是否真的有价值。所以当被问及"忙什么"时，总是这两个字从你那里脱口而出——"瞎忙！"。

既是"瞎忙"，我们何不在时间的轨道上暂时停下来，静静地思考一下：我们到底在忙什么？这样的拼搏到底有多大的价值？我的生命最终将给我留下什么呢？我们常说，要珍惜生命的每一分钟，这"珍惜"二字是否有别解？让每一分钟机械地快速地流逝，能算是珍惜吗？

我常常想，人、历史和宇宙无非由时间和空间共同构成的。

也许正如空间有上下左右、大小方圆,时间也应该有前有后,有快有慢,人的历史正是时间的绵延,生命的意义正在乎时间的空间感。正是在时空的交错中,它获得了永恒。从物理意义上说,任何一个生命个体只能占有从生的起点到死的终点那短暂的一瞬间,这时它只是永恒的一部分;但作为精神生命体,个体自我的价值又在于不满足于"有限",而要追求无限,融于永恒。它不应如同在高速公路上一味"往前看",而要增加时间的宽度和弹性。

就此而言,我们比古人纵然有千般优越,却有一点是远远不及的,那就是对时间感觉的退化。李商隐携带着"昨夜星辰昨夜风"进入了一种"心有灵犀一点通"的神秘境界,这是时间的回环感;王维诗曰"行到水穷处,坐看云起时",这是时间的延伸感;陶渊明"采菊东篱下,悠然见南山",这是时间的静止感;陈子昂"前不见古人,后不见来者",这是时间的中断感;李白从"两岸猿声啼不住,轻舟已过万重山"中体会到的并非顺应时间的飞逝,而是个体自我在时空中的生命狂欢。周作人说:拿出半日在窗前品苦茗可抵得半生尘梦。感觉如斯,又充满了多少时间的辩证法啊!

也许每个成年人都会有这样的感触:孩提时代只是短短的几年,但与长大后数十年的生命历程相比,前者在感觉上却总是显得那么漫长;听不完的虫鸣鸟啼,永不停息的斜风细雨,凝固在瞳孔中的霞光夕阳……为什么?因为对儿童来说,时间不是"逝者如斯夫"的湍急江流,而是潺潺游走的溪水,点点滴滴,缓慢从容;也不是一种"千金难买"的身外之物,而是一个置身其中的偌大容器，与生俱来，无边无岸。就这样，正是在孩童毫无时间感觉之时，尽情接受着时光老人那无尽的恩赐。我们有时还发现，一个从名与利的烦累中解脱出来的老人，突然感觉自己经年全力拼搏乃至为其不择手段的东西原来是一种虚无；猛然间他还会醒悟自己多少次与人间的温情脉脉、大自然的天籁生息擦肩而过抑或熟视无睹。这又是为什么？也许只有当有意识地感受时间时，他才明白自己一度把弹性的和宽厚的时间拽直了，拉细了；也许只有当感到属于他生命的时间在急剧地缩短时，他才能成为一个时间的富有者。与天生就是时间富有者的儿童不同，后者对时间的享受在不无遗憾的感慨中充满了些许的苍凉。

  为了防止时间与生命自我的背离，为了抵抗时间的社会化与异化，为了少一份饮恨多一份充实，让我们不时地放缓脚步，远离竞技场，去凝视喷薄的日出，倾听第一声清脆的鸟鸣。在自然中畅饮宁静，在孤独中面对自我，在反思中调整心灵。但此刻，我只能默默地祈祷：让时光慢些，再慢些！

2000.10.01

中国士人的光荣与梦想

如果以四季幻想为中国大地构型，北部应是雪地冰天的严冬，南方为炽热盈盈的夏，江南自然对应着草长莺飞的烟花三月，而被誉为"礼义之邦"的齐鲁大地，则无疑是中华文明最深沉、最厚重、最悠长的腹地之秋了。生于斯、长于斯，无数个季节轮回，这片深孕着伦理人文肌理的秋意便或深或浅地印在代代齐鲁人的心头，晕染了其精神视窗，调拨了生命的颜色与韵致，眼见着一个一个的小小子儿、小妮子儿才刚离了父母怀抱，便仿佛一夜之间蜕去童稚，生成了山东特产的"汉子"和"大嫂"，双双继承了父母爷娘的淳朴爽直，无怨无悔地承担起人生的道义责任，直至白发渐生、儿孙承欢。

长久以来，这就是齐鲁百姓的生命轨迹与生存格调，也在很大程度上成为中国人的生命轨迹与生存格调。作为儒家文明的发祥地，中国传统文化主流在齐鲁大地根基最深厚，尊奉者最虔诚，对一代代齐鲁儿女的生存方式、脾气秉性、审美尺度乃至价值观念等各个层面的熏染更深远而广博，所谓"随风潜入夜，润物细无声"，这一方土地确是占尽了"好雨"润泽的先机与持久。无论是婚丧嫁娶、年关佳节世俗仪式的古朴凝重、繁复热闹，还是家居起卧时父母事无巨细的言传身教，无论是亲戚邻里交往互动的民俗民风，还是世代流传的曲调歌舞，都深蕴着儒家千年血脉承传的文化因子。即使经过了许多转折、清理与解构，即使是在看上去最现代、最酷的一代新新人类那里，这一脉牵牵葛葛的儒风古韵也还是剪不断，理还乱，甚而偶露峥嵘。于是，我们迄今还经常会在齐鲁大地看到时尚、漂亮甚至受过高等教育的年轻媳妇在婚礼上恭恭敬敬向公婆长辈跪拜的一幕；而在孔子故乡，阙里人家，更会见到平日衣冠楚楚、以车代步的达官贵人或者学贯中西的博导教授携妻带子，披麻戴孝，一步三叩为父母奔丧、送葬的场景；在现代人极力拒斥这些陈规陋俗的观念背后，齐鲁儿女却感悟到了亲情、恩情、人情的醇厚、素朴与庄严。

　　在世俗生活关注之外，礼乐传家的齐鲁之邦也不乏闲情逸致的需求，一如孔夫子那句"吾与点也"所表露的超逸情怀。千古文人忆江南，与其他地方的文人墨客一样，古今齐鲁士人对那隔江而望的江南，也都有着深隐心底、暗生暗长的一脉精神乡愁与诗意向往。梦里红楼，梦里江流，一生三梦下扬州。然而，在中国的人文心理地图的深层构架上，黄河毕竟是中华文明的中心与主流，因此这种"吾与点也"的审美情致更多的是一种伦理人文叙事的衬托与缀饰。这里就显示出了诗意江南和齐鲁人文的不同：在前者，是"二十四桥明月夜"，是"春江花月夜"，表征着用以抵达生命最高自由的超越功利的审美气质；而对后者来说，是近水楼台先得月，是"明月装饰了你的窗子"，窗子里面延续的还是日常人生，那时时咏叹的月晕华光不过是维护世俗生活车轮前行的诗意润滑，正如有学者所剖析的，"儒家从'天'合于人的生命大德出发，开出宗法的伦常形态，这是一种肯定过程：从肯定自然生命到肯定宗法的伦常；反之，道家从宗法的伦常形态出发，要返回到生命大德的本然，这是一个否定过程"。同样是以"天地与我并生，万物与我同一"为诉求，儒家强调"个体人格与历史（王道）伦常形态同一"，道家强调"个体真性与自然大化的生机同一"。无疑地，人文江南的超越气度更偏向于后者的审美理想，而集道德本位、官本位、长者本位三位一体的齐鲁民风则是儒家血统的积淀与表征，也是其走向现代文明的一种至今也无法释怀的文化重负。美国学者威廉·巴雷特说，"一个时代通过其宗教及其社会形态揭示自己，但是，可能对时代揭示得最深刻或者至少是最清晰的却是这个时代的艺术"。这一点也许亦适用于地域文化，我们看到，缘于三位一体价值伦理观的文化守成主义、道德理想主义以及意识形态化的主体创作倾向在王统照、臧克家、杨朔、贺敬之、曲波、峻青、王愿坚乃至李存葆、张炜等现当代山东作家的文本中一脉相承，这得到了充分体现。

这两种品格与质地相异的文化现象很早就引发了人们的关注、评议乃至争论。齐鲁是一山一水一圣人，江南是多山多水多才子；前者以对称、厚重、朴素为美，后者则小桥流水，自有一派"别是一家"的意趣；前者重英雄意气，讲家常亲情，但在现代社会中更显出农业文明的负面因素："秋高气爽"中不乏"老气横秋"之态;追名逐利中更多趋炎附势之徒;论资排辈、老大保守中徒伤青年才俊之志,亲情、友情、恩情之中难免因循守旧、任人唯亲之实。在这种文化氛围里,少有现代自我意识,少有开拓精神,对家人越关爱,对他人越冷漠;对功名愈关注,对异性愈轻视。相比之下,人文江南更多个性精神,更关注自我心灵,少有传统道德、伦理、长者、功名羁绊,因此江南多才子佳人故事,才子可以少年得志,佳人则获尊重欣赏,但是,在这种文化氛围的熏染下,也不乏轻狂之辈、狡黠之流。鲁迅先生在《北人与南人》中对"两种中国人"进行过对比,虽然不单指齐鲁与江南文化,也可从中有所识见,"据我所见,北人的优点是厚重,南人的优点是机灵。但厚重之弊也愚,机灵之弊也狡"。他以一贯的启蒙意识指出,"缺点可以改正,优点可以相师。相书上有一条说,北人南相,南人北相者贵。我看这并不是妄语。北人南相者,是厚重而又机灵,南人北相者,不消说是机灵而又能厚重。昔人之所谓'贵',不过是当时的成功,在现在,那就是做成有益的事业了。这是中国人的一种小小的自新之路"。当然,鲁迅也意识到这种取长补短的"自新之路"绝非简单的过程,事实上,美好与圆满往往发生在想象之中,倘若彼此的劣势相互纠缠在一起,"产生出来的一定是一种不祥的新劣种"。

齐鲁伦理与江南诗意曾经分别是中国士人的光荣与梦想。在现代意识的冲击下,这种光荣与梦想正在发生着异变,而在经济大潮的汹涌澎湃中,伦理人文与诗意话语更是遭遇了全球性话语与消费神话的严峻挑战。仅仅凭借"三十年河东,三十年河西"的乐观主义精神恐怕还远远不够,如何在吸取现代文明因子的基础上萃取儒风古韵与人文江南的精华,如何在弘扬与实现个性自由、解放的征途中,突破西方话语中心的重围,重新建构中国人的"光荣与梦想",应该是当下每个中国人的心底之思。

2004.05.20

"以孩子为师"还是"救救孩子"?

常有教子成功的家长提出"孩子是我们的老师"的经验之谈,然而也常有不那么成功的家长深感孩子"易养不易教"的忧虑,发出"救救孩子"的呼唤,如此截然相反的两种经验似乎都有道理和根据,问题出在哪里?到底孰对孰错?究竟怎样做才能正确地处理好家长与孩子的关系?对这一系列问题的思考与感悟触发于今年回家过春节时的一些小事。

一

回老家过年,见到不少亲朋,当然少不了格格、乐乐和陈唱这几个亲戚家的孩子。尤其是小陈唱,虽然只有七岁半,可拥有聪慧的名号已经好多年。记忆中,这小家伙聪明可爱,宛若那个流落在人间的小精灵长今,其言行举止散发出的天然、本质、原汁原味的聪慧、善良、睿智常常令迷失在生活之网中的大人自叹弗如,更令人深思。可是,陈唱此次给我的印象却和以前大大不同。当然,个子长高了,模样更俏了,这些变化令人欣喜;关键是她的言行神态悄然发生了转变,仔细对比起来,颇令人心生感慨。

经过长途奔波,走进家门的时候,早已是一屋子的人,笑语盈盈,好不热闹。我们把准备的礼物一件件拿出来给大家分发。妻子突然想起来,陈唱呢?那可是她萦绕心头的宝贝。陈唱跑过来,拿过姨妈的礼物,是一套《安徒生童话》。这是我们特意准备的,因为陈唱小时候就非常爱看书,抓周的时候,她硬是放弃了眼前漂亮鲜艳的各色物件,直奔大簸箕边上的一本小人书,惹得在场的长辈们兴奋异常,直夸孩子将来有出息。可现在的陈唱并不像我们想象的那样兴奋,她随便把书放在床上,问:"姨妈,还有别的礼物吗?我想要芭比娃娃。"妻子愣了一下,马上说:"好啊,姨妈下次一定给你买,好吗?"陈唱叮嘱说:"等我生日的时候买给我,可别忘了呀。"接下来她一直纠缠于诸如此类的问题:你有没有买车?你们的房子大不大?漂亮吗?

腊月二十三是故乡农历小年。时近中午,我们一起出去买东西。一个衣衫褴褛的年轻妇女跪坐在街边,怀抱着几个月大的婴孩,不断向行人磕头央告:"大哥大姐,大叔大婶,可怜可怜吧。"这种场面我早已熟视无睹,令人吃惊的反而是陈唱那不屑一顾的神情与声音:"又是骗钱的,我妈妈早就说了,有钱也不给他们。都是骗子。"我心头不由得一震。

记得陈唱不到两岁时,我们一起坐公交车回家。夏天的夜晚,微风徐徐,非常惬意。突然,陈唱指着车外天空喊起来:

"快看,快看,月亮和我们一起走哩,真好玩,我们向前走,它也向前走,我们转弯了,它也转弯哩。它也想和陈唱一起玩哩。"车上的人听了这话,都不约而同回过头,说这小孩,真有意思。

转眼到了冬天,陈唱又大了半岁。济南的冬天因老舍先生的笔墨平添了几分姿色,可是北风肆虐呼啸的时候,就不那么美妙了。陈唱一家早上来我家串门时,天气还不错。到了下午我送他们一家三口出门时,天色已然转阴,要变天了。

陈唱爸爸把外衣脱下来,把孩子裹得紧紧的。

她拼命仰起红通通的小脸问道:"爸爸,你不冷呀?"

"爸爸不冷,爸爸肉多,不怕冷。"

"那爸爸,你还是把衣服给妈妈披上吧。"

"为什么?"

"妈妈在减肥呀。她的肉肯定没有陈唱多,她肯定比陈唱更冷。"

还没等到妈妈的感谢与表扬,她又变卦了:"哎呀,不行,我们家的毛头(小狗)更可怜呀。妈妈,你回家后把衣服给毛头披上吧。"

这天真的孩童话语使我心头涌过一股异样的暖流。的确,小家伙曾经那样无私地将真情奉献给周围所有的人,以及天上的星星,地上的花草、小树、小狗、小猫。可是,如今斗转星移,在这个小小孩悄然变成大孩子的今天,她那种"普天之下,莫非我亲"的"天下为公"的劲头,她的那种"月亮跟我走,月亮是我的小朋友"的天真诗意,她的那种将自己的衣服让给妈妈,将妈妈的衣服让给小狗的炽烈情怀,还有没有呢?

二

也许是我太敏感了吧,毕竟现在的生活状况千奇百怪,对小孩子有影响也属正常。这时候孩子们开始嚷嚷:到哪里吃饭呀,肚子饿了。妻子大声倡议去吃肯德基,赢得了格格的赞同,连小乐乐也直点头。可是陈唱却把头一歪,说:"肯德基呀,经常吃,都吃腻了。姨妈、姨父,听说你们很有钱的,能不能请我们去宝岛餐厅去吃啊?我们班的李竟成,人家都去吃了好几次了,都是姨妈、舅舅带着去吃的,可有派了,可高档了。我还一次都没去,太没面子。"我的乖乖,这小人儿,张嘴就是最贵的酒店,可真能宰人啊。记得乐乐小时候很喜欢吃西瓜,但只喜欢吃瓜尖,咬下一口就不肯再吃了。人们都夸乐乐真聪明,一点大就知道西瓜尖好吃。陈唱却对乐乐妈妈说:舅妈,我们老师说了,浪费东西的孩子不是好孩子。然后抓起被乐乐丢在一边的没了尖的西瓜认真啃起来,啃得特别干净。舅舅、舅妈从此把西瓜切在碗里拿给乐乐,乐乐也吃得很高兴,他再也不只吃西瓜尖了。我当时还想,等乐乐长大了,他真的要为自己能够修养成勤俭的大小伙子而感谢陈唱姐姐呢。没想到,先长大的陈唱已经变了。

今年春节间的另一幕场景尤其让人忧虑。陈唱妈妈看到女儿爱不释手的新衣服,说:"怎么买这么多?那要花多少钱呀?"陈唱说:"妈妈,你真土,现在的明星,谁不是一天换几回衣服呀?"妻子故意逗她:"哟,你还是追星族啊?"她说:"是呀,可是我只追韩国明星。"我正要说话,她却转变了话题:"我要是像你们一样聪明就好了,我也要好好学习,考上大学,然后出国。"说了这么多，就这句话让人高兴，我问她："你想去哪里呀？是英国的剑桥，还是美国的哈佛啊？"她的回答让我大跌眼镜："我才不去美国英国，我要去韩国。韩国有好多明星。我去韩国就是想当明星。"天哪，这孩子，出国不是为深造，而是去做明星！这明星梦也太长了吧？

还没等我们回过神来，她又问："姨妈，你为什么不当明星？你不是博士吗？你怎么不出国？"

"姨妈怎么能当明星呢？姨妈又不漂亮。"

"你真笨，你可以整容啊。你不知道吧，韩国很多女明星都整容的。将来我要当了明星，也要整容"。

"什么，你要整容？孩子，你长得多好看，为什么有这样的念头啊？"

"你真老土哎，我当然是照着大明星的样子去弄。哎呀，跟你们也说不清楚的。"

陈唱妈妈叹气说："你们看见了，这孩子，天天看电视，尤其爱看韩剧，眼睛都看坏了还是不肯罢休，迷得不得了，怎么办呢？真让人发愁啊。"

是啊，回家的路上，我与妻子的心里也沉甸甸的。曾经那样天真聪慧的陈唱，怎么变成现在这个样子？电视媒体的影响渗透自然不容忽视，可是大人偶然无意流露出的思想意识，是不是也在孩子心中产生了印痕，日积月累，悄然发生了质变？难道孩童的天真，就这样经不过时间岁月的熏染吗？那个说"格格好看，乐乐好看，陈唱也好看"的健康可爱的小东西，怎么转眼就不见了？

三

回南京后,我的心头一直忘不了陈唱的影子。一种强烈的失落感,连同从前那个小小孩曾经给我的感动,一件件涌上心头,挥之不去。

记忆最深的一次,是外公外婆乔迁新居的时候。格格忙着屋里屋外,穿梭叫嚷,妈妈看这里,爸爸看那里,新奇不断,欢声笑语。乐乐也在妈妈怀里挣扎翻转,闹个不停。陈唱忽闪着大眼睛,站在阳台上,往下看。

"妈妈,楼下是什么呀?"她指着楼下的平房问。

"那是平房。"

"什么是平房?"

"反正不如咱们家的房子好,不如咱们的新,也不如咱们的大。"

她点着头,想了想,忽然问:"妈妈,那为什么有人住旧房子,有人住新房子?"

"有钱的人买新房子,没钱的人自然就住旧房子呗。"

"那为什么有人有钱,有人没钱?"她不肯罢休,继续追问。

大家面面相觑,不知道怎样回答。

爱问为什么,这是陈唱的一贯作风:为什么太阳比月亮大,月亮比星星大?为什么有的花是红的,有的是白的,有的是黄的?为什么白天亮,晚上黑?为什么乐乐是男孩我是女孩?诸如此类。可是那一次为什么,却在大家心头起了波澜。张爱玲曾经说，因为懂得，所以慈悲。这小小的孩童，是什么引导她穿越喜悦的表象，用稚嫩的眼睛发现楼下的贫困人生？当我们站在高高的阳台举目四望，沉醉于远山近水，陶醉于风轻云淡的时候，有谁曾经关注过破屋陋檐下的生活状态？我们甚至还会在心里骂一句，这些破房子怎么还不拆除，真是煞风景。而小陈唱，她却在问为什么有人可以住高楼，有人却住低矮潮湿的趴趴屋。现在想来，她的这一声追问，丝毫不亚于陀思妥耶夫斯基对于"被侮辱与被损害的人们"的悲悯情怀。

陈唱从小很喜欢吃鱼，更喜欢吃虾。有一次，我们故意逗她说：陈唱，鱼现在做好了，虾可能等一会儿，这两种东西你只能选择一样，你吃什么呢？面对这"鱼与熊掌"的难题，她毫不犹豫、斩钉截铁地说吃鱼。"你不是更喜欢吃虾子吗？"她的回答倒也简单："虾还没看见哩，当然先吃能看得见的。"大家不甘心又继续追问：如果爸爸妈妈同时掉进水里，你只能救一个，你先救谁？这个问题是"母亲妻子同时掉在水里"的翻版，一度难倒了不少英雄好汉。可是面对这伦理难题，三岁的陈唱却毫无难色，她把嘴巴一张慨然作答："这还用问吗，当然是离谁最近先救谁。"在座的听到这个答案无不叹为观止。孩子用她天然的聪慧再次征服了我们。大家发现，只有未经所谓的"经验、智慧"点染、不懂计算乘除的童心，才能如此聪敏坦荡。

陈唱很喜欢乐乐，几天不见就想他。爷爷奶奶（也就是陈唱的外公外婆）也想乐乐了，就带着陈唱走亲家。小乐乐看见来了人，高兴极了。接下来的一幕令人瞠目结舌，只见他趴在爷爷怀里一动不动，极为亲昵，极为踏实，好像终于找到了自己的精神家园。奶奶嫉妒地说：这小东西，平时我看得最多，怎么和我不亲呢？大家都说：是呀，是呀，为什么他和爷爷这么亲呢？陈唱说：我知道为什么。大家都静下来听她的高论——她是常常有高论的，她清清嗓子说：因为外公对人最好，无论对大人、小孩，他从来都很耐心，从来都不发火，所以乐乐和外公最亲，外公养的花也最漂亮。大家心里都默默点头。爱力无边，虽然陈唱还不能这样总结，可是她早用心做出这样的判断了。而这，也是她给我们的启示，同她自己幼小生命曾经给我们的无数的启示一样，深深印在我们的心里，教我们重新领悟人生的快乐、生命的良善、爱的无边。

可是如今，那个曾经给我无数感动和震撼的陈唱，到哪里去了？这个长大的孩子，好像是她，但又好像不是。到底是什么改变了她？难道这就是成长的代价？我，真的难以回答。一般我们总是认为，小孩子缺乏经验和知识，是一张白纸，需要大人引导。这当然没错。然而，问题的关键更在于，当孩子渐渐向大人靠拢，渐渐长成大孩子，渐渐成为大人的时候，我们给予他们的，是怎样的引导。小孩子是天使，在给我们欢乐的同时，更以其尚未被时间修剪的天聪天慧给我们以生命的启迪。然而，我们常常忽视了这一点，甚至顽固地以所谓人间的道理对其加以修正；而时间本身也以其千奇百怪的发展样貌，给孩子们造成形形色色的影响，最终往往导致这样的结果：小孩子渐渐成人化，成人则丧失了小孩子的天真、聪慧与良善。陈唱就是这样一个代表。从她身上，我日益深切地感悟到这个问题的重要：小孩子，我们需要向他们学习；而大孩子，我们则要给他们以正确的引导——保持其童心。换言之,怎样保持小孩子的赤诚之心,修养大孩子的道德品格,必将是为人父母者面临的一个重大的课题。

"小孩子"与"大孩子"之间的区别是非常大的,前者要仰视,后者需"救"之,否则按照逐渐长大的陈唱这样的惯性发展下去,其将会成为怎样乏善可陈的一代人呢?——这样说应该不是危言耸听吧。

2006.06.17

手机文化的"一利"而"百害"

时至今日,手机已经像衣裤一样成为人们出门必不可少的东西,但我这里谈的不是手机这一工具本身,而是因手机随身必备带来的"手机文化"。就像网络的普及带来了人们生活方式的改变一样,手机文化也已经成为人们的生活方式,以至谁要是不用手机就好似一个返古的怪物,不是一个现代人;谁要是出门忘记了带手机,他就会感到自己似乎被这个世界抛弃了一般。甚至一个人要是不用手机,他就会得罪某些人,得罪这个世界。很多中老年人不再使用信件联系,年轻的一代人从一开始就用手机与外界联络,更是把手机生活作为当然的生活方式。

然而,手机文化事实上是一个复杂的现象,从本质上说手机生活并非现代人的必然生活方式,而是现代人选择的生活方式。如果手机仅仅是一种工具,如果它仅仅是为我所用的工具,而不是不得不用的东西,那么就不会有手机文化和手机生活,问题在于这是一种看起来别无选择的选择。选择了手机生活,我们也就必然地选择了手机文化的"百害一利"。这"一利"自然就是便捷，然而除了这"一利"，其他的则全是危害，这些危害悄无声息地渗透人间，从根本上改变着人们的道德伦理面貌和人性结构。

百害之说看似危言耸听，实则毫不过分，只是我们现在尚未真正清理和反思我们置身其中的生活而已。想必很多人都可以随手举多一些危害，这里主要就几个相对更加隐蔽的方面做些阐发。危害之一就是手机文化极大地侵害着人们的隐私权和主体性。试想，不管你在什么样的状况下，你身边的呼叫声可以随时响起打断你，不管这铃声是多么美妙的音乐，当你潜心做事不想被打扰的时候，它都是一种蛮横的介入。

其二是对于伦理的伤害，对人与人之间关系的一种潜移默化的不良影响。比如，在某一个节日，一个长者收到许多表达祝福、感谢、尊敬、问候的短信，他要是来不及或者忘了回复哪个短信，发信者往往会有想法，而每信必复有时候却又难以做到。其实发信者有时候也是怕不发短信对方会不高兴。这时候，短信祝福反而成为一种负担，而这种形式本身也大大降低了祝福的价值。这与传统的明信片或者信件不同，后者不需快速做出反应，收信者可以自由选择阅读的时候，甚至可以慢慢欣赏寄信者的立意。手机短信也总是不可避免地增加人与人之间的相互猜忌，尤其在恋人间，手机有时候几乎成为一方控制另一方的工具。电影《手机》则揭示了手机既方便了婚外情的发生，也是造成家庭危机的罪魁祸首。因为手机生活的到来，那种"青鸟不传云外信，丁香空结雨中愁"的等待与感情升华成为历史遗迹。

其三则表现为对于现代人生活与工作本身的危害。现代人的存在方式本来追求理性，包括讲究现代秩序、计划性等等。比如，不随意使用手机的话，你要见一个人需要与他预约，一旦约定好，不宜随时改变，这对于双方的生活与工作效率都有利，然而手机文化却改变了这种讲信用的理性传统。其四，手机文化还渗透了强烈的权力色彩和政治意味，也是对于自由精神的一种侵犯。这个方面恐怕很多人都有体验，不说也罢。

手机有一利，但手机文化有百害，在此不必一一列举。总之，手机文化使我们的存在成为一种时间的碎片，空间的挤压，文化的浮躁，理性的无常。手机本来是人的工具，然而在手机文化之中，人异化为手机的工具，在其背后，这种异化的真相在于人已经成为一种现代秩序与权力奴役下的工具。

2010.11.30

体制与人心

一、体制的好坏是最重要的吗？

记得一位新闻记者在对一位央视的著名主持人进行采访的时候问到这样的问题："在央视这样一个媒体里面，您不会觉得有体制的困扰吗？"这位主持人反问道："你不在体制里吗？"他说："别和我谈体制，处处都是体制。"显然，这位主持人的反问，不仅仅是一种对话的机智，更是对社会人心深有感触之后的慨叹，应该说它包含了很复杂的社会现实问题。

好的体制会被坏的人心搞坏，相反，坏的体制也能经由好的人心，使其坏的程度减小到最低。只要你不是一个乌托邦主义者，不是一个生活在幻想中的浪漫主义诗人，不是一个短视患者，那么你会发现，任何体制总是有着不好的一面，体制从来不能解决人类生存的根本困境，但人心有时候却可以坏得非常的彻底。

我们会经常发现，在同样一个体制下，在同一个单位，只要换了一个人——当然这个人是"一把手"，那么整个单位的所有的人的工作、生活、前程甚至生命感觉，就会发生重大的变化，有时候甚至是相反的变化。而这个时候，体制还是那个体制，单位还是那个单位，什么都没有改变。但对置身其中的某一个个体来说，有时候会是天壤之别。张三管事的时候，他踏着一片坦途，可以正常地工作；但李四管事的时候，他就险象环生，处处充满了明枪暗箭。人们常常为某种不公平骂体制，将某种不义归咎于某级组织，其实，这不公不义诞生的真正源头仅仅是一个人以及他的"人心"而已。有时候，一场让人看起来风云变幻的陷害看起来扑朔迷离，极其复杂，但你要真的把其中的脉络梳理清楚，就会发现，它原来简单至极：这一切与体制无关，与组织无关，只是有一颗"人心"要这样做，那一颗"人心"需要这样的结果。所以，复杂的面相都是直接利用和间接利用的手段。

体制永远只是手段，而人心却是根本。不知是否有人亲眼看到过这样的事情：某一个极恶毒的真正的腐败分子恰恰利用体制去迫害一个并无腐败问题的人，而陷害的理由恰恰就是他有而别人没有的腐败问题。这种陷害之所以发生，就不是因为体制有问题，恰恰相反，体制本身是正确的，但是可以被用来陷害他人。人心坏了，什么体制都可以被利用起来以达到自己的目的。任何体制一旦被这种"人心"利用，指鹿为马自然也是真理。同样一个体制，被好的人心使用会是一片蓝天，被坏的人心利用就是一场风暴，要是被坏到失去人性的人心利用，那它就是凶手所持的一个借以横行霸道的凶器。体制的好坏与人心的好坏相比，谁更重要？并不是每个人都清楚其中的奥妙。

二、体制在哪里？

批评社会问题和反思文化现状的人常常把眼光紧盯着体制问题，甚至不把问题提到体制的层面上来讨论就好像显得没有深度。然而，体制在哪里呢？事实是，一方面，处处是体制，另一方面，你其实看不见体制，它无时无刻不在被人执行着或使用着，而既然被使用，它就会变形，它对人的作用就不再是体制本身的作用，它就不再是那个客观的体制，而是带有强烈的主观色彩的东西。同样一个制度或一种规定，常常不过就像人嘴两张皮之下的那个"真理"一样。

有一个顺口溜颇得此等神韵："你和他说道理，他跟你耍流氓。你跟他耍流氓，他和你提法制。你和他提法制，他跟你讲政治。你跟他讲政治，他和你说道理。"一旦畸形的"人心"掌控了某些权限，他就会把任何体制利用得风生水起，活灵活现。一旦丧失了人心的人掌控了某些生杀予夺的权力和机会，他就有能力把所有的阴谋外显的每个环节处理得完全体制化，给其披上程序正义的外衣而天衣无缝，甚至是样样不缺。这种合情、合理、合法的"三合一"技术可以使同一个过程导致相反的结果和效用，黑白之间完全由"人心"所决定。

《庄子·子方》中说："中国之君子，明乎礼义而陋于知人心。"鲁迅曾在《魏晋风度及文章与药及酒之关系》中引用这话并评论说："这是确的，大凡明于礼义，就一定要陋于知人心的，所以古代有许多人受了很大的冤枉。"鲁迅举了两个例子。其一，后人骂嵇康毁坏礼教骂了一千六百多年，然而恰恰是以毁坏礼教为名杀他的人真正地不信礼教。另一个例子是说当时的某军阀的，他以反对三民主义为名目将"真的三民主义的信徒"定罪杀害。这固然可恨，但鲁迅更为痛心的却应该是人们"陋于知人心"并习惯性地被表象所蒙蔽的大毛病。礼教在哪里？三民主义在哪里？体制在哪里？倘若不知"人心"，人们永远不知道自己不过是那些阴谋家的看客和帮凶而已。

一个农民工被老板欺骗、虐待或者拖欠工钱是因为体制吗？不是。体制从来不允许老板这样做，《中华人民共和国劳动法》更不允许农民工权益受到侵害，是那个老板的"人心"要这样做。是体制直接培养了贪官吗？也不是。体制要求官员清廉，要求官员为人民服务。先是官员的"人心"坏了，尔后有贪官诞生。体制是什么？在人心之下，它有时候是工具，有时候是手段，有时候是名目，反正，只要不与人心联系起来看，它就什么也不是。人们如若一如既往地陋于知人心，那么就只能看见体制，就只能是玩偶，只能是帮凶，只能是被利用的一个符号。由此，我们可以说，当代中国之士，极大的问题在于，明乎体制而陋于知人心。

三、"人心"方是根本

季羡林《生命沉思录》中有"关于坏人"篇，里面总结了"坏人"的两大特点：一是根据他的观察，坏人，同一切有毒的动植物一样，是并不知道自己是坏人，是毒物的；二是他发现，坏人是不会改好的。这大概算是这位百岁老人最为深刻的发现之一。季老还进一步对坏人进行了层次分析，他说："记得鲁迅曾说过，干损人利己的事还可以理解，损人又不利己的事千万干不得。我现在利用鲁迅的话来给坏人作一个界定：干损人利己的事是坏人，而干损人又不利己的事，则是坏人之尤者。"

这里提到的鲁迅的话出自《致曹聚仁》："现在做人，似乎只能随时随手做点有益于人之事，倘其不能，就做些利己而不损人之事，又不能，则做些损人利己之事。只有损人而不利己的事，我是反对的，如强盗之放火是也。"从季老的话中我们发现，他对坏人的观察和了解似乎更深了一层，不过这不是因为他比鲁迅的思想更深刻，而是因为现实变化了，人性与人心也较之鲁迅时代发生了新的变异，而这给季老提供了新的"研究材料"。

无独有偶，王敬瑞在其影响甚广的《芝麻官悟语》中也谈到"人心"。这位有三十余年官场浮沉之体验，并对为官做人有深刻感悟的作者把人分为了五种：伟人是先人后己，像雷锋；好人是利人利己；常人是先己后人；小人是损人利己；坏人是损人害己。

他们都不约而同地提到一种让人或者说常人不可理解的"坏人"。令季羡林百思不得其解的是为什么他所观察到的几个"坏人"始终不变。天下哪里会有不变的事物呢？哪里会有不变的人呢？可是"坏人"偏偏不变。他简直怀疑，天地间是否有一种叫作"坏人基因"的东西。而在张炜的小说《柏慧》中，"我"从现实中醒悟道："善与恶是两种血缘，血缘问题从来都是人种学中至为重要的识别，也是最后的一个识别。"看来，随着社会的发展和进化，人性和人心并不总是向上进化和提升的，有时候反而趋向更加可怕的异化。在过去，"损人利己"已经似乎是我们对人心之坏的程度最到位的想象了，然而，在今天，它的异化程度已经退居其次，而"损人害己"已经越来越横行起来。甚至可以这样说，这种异化的人性/国民性正在形成一个新的人种，也许已经形成一个新的道德群体。在他们的"人心"之下，无论什么样的体制都会被玩耍成杀人于无形的飞刀，无论多么神圣的东西都会被彻底地毁灭。要想看明白当下的生存处境和其背后的密码，我们就不能只是简单地"明乎体制"，而是必须学会"不惮以最坏的恶意来推测"那个"人心"。

2011.04.02

盛产富豪不可耻，视为荣耀很可悲

如果一个人腰缠万贯却胸无点墨，或者财大气粗而毫无精神追求可言，那么我们会说这个人其实很穷，甚至很可怜，因为他"穷得只剩下钱了"。如果这种人很多，这就形成了流俗，流俗所向即物质主义与金钱拜物教的盛行。在此流俗之下，关乎真善美的追求难免失效，关乎人性价值的标准必将变形，人文精神与终极关怀日渐式微。正是出于对这样的文化现实的忧患和焦虑，人们将匡正流俗和拯救价值危机的希望寄托在教育领域，尤其是人们心目中最神圣的大学殿堂。可以说，对真正的大学精神的坚守不仅是现实社会所必需的，更是民族的未来和希望之所在。

然而，就是在这块神圣的领地，就是在这一领地中最顶尖的学府，却把亿万富豪数量连续三年居内地高校之首作为一种荣耀。这不能不让人想到，北京大学居然也似乎"穷得只剩下钱了"。由此引起质疑和热议也就再正常不过了，即使有人掺杂着些许愤慨和绝望相交织的情绪也并不难以理解。在议论纷纷的声音中也有一些辩护之言，以种种理由劝说人们对"北大校友亿万富豪排名"不妨淡定些，可是所有的辩护都是没有意义也没有多少合法性的。

首先，北大高调举办企业家俱乐部成立仪式，这个事实本身就是一种价值导向，本身就显示出北京大学对富豪的重视程度之高。可想而知，如果成立北大诗人俱乐部，或者贫困大学生俱乐部，能获得这样的重视吗？有了这个事实，即使周校长把话说得很圆满，无论如何不能掩盖骨子里的流俗气息。

其次，我们不需要讨论北大富豪到底有多少是"富而后学"，有多少是"学而后富"，北大造富豪的能力是不是真的数第一，关键的问题在于，在这种场合，"北大校友中的亿万富豪数量，已经连续三年居内地高校首位"，这种说法从校长口中说出来的时候，已经不折不扣地把此作为一种荣耀。在众多的国内高校中，北大拥有最优秀的生源和最高的投入，它"造富豪"的能力即使真的高居榜首，也是极其自然平常的，根本不能说明北大的教育理念和大学精神有何高明之处，与其他高校有何与众不同之处，甚至也不能说明北大所代表的文明程度比普通大众的文明程度有何区别。把这作为一种荣耀只能说明，这所大学"穷得只剩下富豪了"，而大学精神"穷得只剩下造富能力了"。

另一方面，大学精神本来就远比社会关注的大学排行榜远为重要，那些用数字堆积起来的大学排行榜本来就难免招致非议；如果把这样的综合性的排行榜又具体化、明确化为富豪排行榜，那就更加庸俗化。假如这些行为只是出自高校之外的机构或者媒体,那么尚可理解为外在行为。然而现在,这个排行榜从大学的主政者口中宣扬出来,并以此为荣耀,那就让人尤其难以忍受,其社会效果也就可想而知了。

任何一个热点或者文化现象之所以形成,都有其深层的社会心理根源,也体现着深刻的文化逻辑。这一次的争议事件绝不能归咎于媒体的炒作,或者社会的误解,或者公众的苛刻,或者质疑者的断章取义,而是大学精神堕落至今而引起的一个必然结果。从古代到现代,教育理念与大学精神传统中始终贯穿着一种对于物质主义的高度警惕,由于大学的特殊性和神圣性,保持这种警惕是绝对必要的。《大学》开宗明义曰:"大学之道,在明明德,在亲民,在止于至善。"这完全是远离实用主义一途的。早在1919年的《新青年》上发表的《本志宣言》中,陈独秀明确写道,世界上的金力主义,已经造了无穷罪恶,"现在是应该抛弃的了"。蔡元培出任北大校长时则掷地有声地宣言:"诸君须抱定宗旨,为求学而来。入法科者,非为做官;入商科者,非为致富……若徒志在做官发财,宗旨既乖,趋向自异。"正是在对于物质主义、实用主义的高度警惕的前提下,蔡元培开启了"学术至上""思想自由"的现代大学精神。

实用主义是大学精神天然的大敌,流俗所向亦是大学精神命定的对手。在当下社会,我们虽然不需要恪守"君子固穷"的古风,更不必以物质为敌,但作为神圣殿堂的大学却必须坚守学术至上的人文理念,牢固树立起自成体系的价值坐标。从这个意义上说,一所大学无论是主动地"晒富豪",还是荣耀地"晒高官",都是与真正的大学精神背道而驰的。在对北大盛产富豪一事所有的质疑者当中，不会有人无聊到认为北京大学不应该出富豪，更不会狭隘到认定富豪必然是与大师不可相容的，而是出于对知识权力与资本权力合谋的警惕，以及对这种合谋之下大学精神丧失殆尽的焦虑。所以，当有辩护者要求人们对"北大校友亿万富豪排名"淡定些的时候，其实同时也就丧失了对大学精神的希望和要求。

富豪没有错，北大盛产富豪也没有错，但北大有意无意地把此作为一种荣耀，在潜意识里丧失了对大学精神的呵护，在无意识中主动地向流俗滑落，这就带上了某种堕落乃至可耻的意味，未免太可悲了。

2011.10.01

最是文侠勤来师

一、求学幸遇勤来师

20世纪80年代,在有幸成为勤来师的学生之前,"钱勤来"这三个字便早已如雷贯耳。从老师们和长辈们那里得知,这位将要给我们讲授外国文学史的老师可是整个沂河水域的一条大鱼,众口皆碑的学界名流,才华横溢的权威教授,诸般桂冠,不一而足。对我们这些求学心切的学子来说,既未见其人,亦未闻其声,便先熟其名,自然有一种莫大的幸福感袭来。不过那时的崇拜感尚未得亲身体验与感性认知的填充,在我的心理记忆中,主要还是两个突出的感觉占据上风:一是对此等风云人物的浓厚的神秘感;再就是百思不得其解:一个风雅大儒怎么能叫"钱勤来"这么一个俗到不能再俗的名字?

第一次上课,我们就被名师的风采彻底征服了。虽然,时光流逝近三十年,但情景历历在目:教授个子不高嗓门高,口音不正口齿正（上海人的普通话在山东人听来自然有些异调），不看教材，不读讲稿，口若悬河，滔滔不绝，把个古希腊、古罗马的文学史讲得活灵活现，神采毕现。西方文化的摇篮那"永恒的魅力"深深地吸引着，也震动着每一位用心听讲的学子。那是一个炎热的夏日，大教室，长黑板，座无虚席，"众目睽睽"。嗡嗡飞转的吊扇，此起彼伏的蝉鸣，似乎离我们远去，远去。更令我们目瞪口呆的是，这位教授板书时，站在黑板的中央位置几乎不太动躯体，只需挥舞双臂，写到黑板左侧时用左手，写到黑板右侧时用右手，同样漂亮的粉笔字，同样龙飞凤舞的才情。这般左右开弓的功夫在我们那时看来已是绝无仅有，在现在的多媒体时代，这一手任何为师者都堪以自豪的绝技恐怕更要绝迹了。

有时候我就想，学生对老师有种神秘感和崇拜感，其实比过分提倡师生平等要好得多。只有在这种感觉之下，学生才能全身心地接受理性的启蒙、审美的感染和知识的熏陶。师生之间人格的平等与这种神秘的崇拜感并不冲突。不知从什么时候开始，学生给老师打分成为评价教师教学水平的最重要的标准，那其实是很荒谬的。为学幸遇勤来师。那时候从教授那里学到的东西不仅仅是知识，也不仅仅是一个专业，更有一种对这份职业的热爱，一种对才华自身之魅力的由衷向往。

二、为师当如勤来师

真正开始与勤来师交往是考研究生的时候，也是在我一个很困难的人生关口上。1991年，考研成绩出来后，我以第二名的成绩进入拟录取名单。因为"八九",这是学校招生名额奇少的一年。中国现当代文学专业有四位导师,只招四名研究生。也因为同样的原因,该年度增加了一些特殊的规定。招生办的老师通知我,要有一所高校给我开一个在职的证明才能录取,即必须以"定向生"的身份才符合要求,以应届生的身份就不能录取我,而且规定了期限。那时高校尚未开始大规模扩招,高校师资并不紧缺,况且我尚未学成就要人家开个在职证明,非常难办。尽管我保证只是要一纸证明而已,并不是真的非要去工作不可,但人家担心我将来可能会拿着盖有红章的证明赖上他们。找熟人托关系都没有用,眼看期限将至。

走投无路之际,想起了勤来师。颠簸了一天,再经多方打听,终于晚上十点以后摸到了勤来师的家门。我先自报家门,接着紧张兮兮忐忑不安地把情况说了一下,万万料不到的是,勤来师马上说了一句话:你明天上午来拿证明!当时我激动的心情简直难以形容。

后来我知道:只要是他钱勤来教过的学生想求学上进,他必定有求必应,竭尽全力,毫不犹豫。那时他并不认识我,我隐约记得自己面对大教授,说话时嘴唇有些颤抖。是因为天气尚冷,还是因为心里恐慌?反正记不清颤抖的原因了。还隐约记得,勤来师让我睡在他家,可以直接等他第二天早早地把事办好再走。但我没敢答应。是因为教授家的摆设太豪华干净,我怕弄脏了?还是考虑自己不应该再在住宿问题上麻烦先生?抑或是担心先生只是客套一下,并不是真的乐意让我住下?后来说起此事,勤来师骂了我一句"神经病",我才知先生是不会跟我们讲客套话的。现在想来,由于雾霾被驱赶得太快太干净了,别的都记不清了,只剩下心理感受转换的眩晕感留到如今。

从此以后,我就走上了求学攻读、从研任教的路途。从此以后,我从勤来师的教导、文章、著作中寻找到更多的教益;勤来师也始终关心、关注着我的成长,有时候我发表了小文章,他一时看不到便托人购买或者复印,让我深感诚惶诚恐。从此以后,我与勤来师越来越熟,终至成为无话不谈、亦师亦友的一对师生。为师当如勤来师,我这样暗中勉励自己。

三、最是文侠勤来师

二十多年来,我每赴临沂、上海,只要恩师在这座城市,我必定会前去探望,汇报心得,聆听教诲。勤来师每赴济南、南京,师徒二人必品茗对饮,其乐融融。我在山东师大读硕士研究生时,勤来师去看过我住的宿舍,恰巧是他当年与年轻的同事们,包括我的导师朱德发先生住的同一个位置,甚至有些房子还是原来的。那时他们把这个地方叫"五排房"。

勤来师常说:我们是从"五排房"走出来的,你们也要从"五排房"走出去。在勤来师的鼎力支持和直接帮助下从临沂走出来的学生,一个又一个。慢慢地,我们这些被勤来师送出来的人,彼此之间有了一种特殊的感情,即使原来不认识的,也总能相熟起来,互有鼓励照应,似乎有着一个无形的纽带,把我们牵系在一起——那是勤来师殷殷而望的眼神:不管走到哪里,都在他的视野之中。

人常说"千古文人侠客梦",可是纵观当下知识分子界,又有多少人真的能够活出点侠气来呢?相反,我们看到的更多的是犬儒主义无孔不入,投机主义横行天下。更多的所谓知识分子梦想的是让别人去做小李飞刀,自己好做个善于遮遮掩掩的龙啸云。但多年来学生从勤来师的身上真切地感受到了一种文人大侠的本性和气质。小李飞刀李寻欢被人们称为"六如公子",所谓贪酒如命,嫉恶如仇,爱友如己,挥金如土,出刀如飞,视死如归。后来小李飞刀的红颜知己杨艳又送了他两个"如":用情如海,重义如山。虽然勤来师因身体原因近年不太喝酒了,但他是品茶高手且嗜烟如命,正如李大侠乃性情中人。像大侠的爱友如己一样,勤来师爱生如己确是不打折扣的。至于挥金如土、嫉恶如仇等,从勤来师的言行与文章中,我们不难窥探一二。其豪气干云、心直口快、义薄云天,更让畏首畏尾、阴险狡诈之徒无地自容。最是文侠勤来师,这或许是学生之辈更应该学习的吧。

2013 年 11 月 29 日夜于秦淮河畔

见证那辉煌,留住那岁月
——为纪念山东师大成教工作 60 周年而作

一

1994年我研究生毕业留校任教,正值山东师大成教事业的全盛时期。那时候,成教办学种类繁多,像函授大学、夜大、自学考试辅导、自学考试本科毕业论文辅导与答辩等,几乎涵盖了国家成教的各大种类。成人教育层次也包括了从专科到本科到研究生班的各级学历种类。与此同时,除了少部分夜大班等在学校本部上课外,大部分班级都在校外,可以说我们的教学点遍布全省许多地、市、县。授课与指导形式亦多种多样,像假期集中授课、周末授课、晚上授课、通信辅导、一对一的论文写作指导等等,教书育人的各种手段与武器,老师们都得样样熟练。

研究生毕业那年,我28岁,正是精力最为旺盛的时期,再加上我的专业中国现当代文学是中文系的骨干课程,因此,一毕业留校就受命开始承担成教的各种教育教学任务。直到 90 年代末，上述各种形式的成教工作，我都先后参与过，而且每年都承担了大量的教学任务。现在想来，那真是一个特殊的现象：作为山东师大的任课教师，那些年常常是假期比平时还要忙得多，所教的成教学生比全日制学生还要多得多！

在山东师大成人教育事业发展的巅峰时期，我有幸见证了那辉煌的一页。那辉煌不可复制，恐怕既是空前的，也是绝后的。那辉煌不仅源于国家大力倡导，不仅源于学校高度重视、领导高度重视、教师高度重视，而且源于社会上求学之风亦盛、莘莘学子亦众。那辉煌不仅源于山东师大在全省范围内的成教事业中具有超强超大的影响力，而且源于师大之师的超级神圣感、责任感与事业心。

我说我见证了那辉煌，当然不是来自理论的推导或者对历史的想象，而完全来自那一点一滴的亲力亲为、所见所闻和所思所感；我说我见证了那辉煌，自然也不是来自宏观的总结或者对价值的判断，而完全来自那一堂堂课，一个个班级，一份份作业，一张张试卷，甚至那一声声上下课的铃音，那一个个学生的表情，那一句句问答的声调，那一次次出发前的紧张，一回回完成任务后的轻松。

二

是的，那辉煌是山东师大成教事业的辉煌，但对于一个见证者来说，那首先是一种尊师重教渗入人心和教书育人之志存于师心的辉煌,是一种因为成就感而忘记辛苦的辉煌。也许有人想当然地认为,90年代在商品经济大潮冲击之下,人文精神已经失落,师道尊严已然沦陷,何来教书育人、尊师重教的深入人心?然而,在这个经济发展亦发达的省份,人文主义传统的确就这样顽强地存在着。这也许正是齐鲁大地的神奇之处。记得我刚留校工作时,同专业一位非常关心我的老教师如此意味深长地提醒我说:"你一定要记着,在山师大一定要把课讲好,否则无论怎样都永远站不住脚。"这些年人们都慨叹,在高校,科研成为教师上升通道上最重要的硬条件,教学则越来越成为一种可有可无的软指标,而在那时候在那里,在师大师者的心目中,传道授业永远是第一位的。

别的不谈,就说说让我难忘的三个掌声吧。

第一个掌声,发生在一次相当隆重的全校开学典礼上。当时,在主席台就座的几乎都是校级主要领导,只有一个教师,就是我的导师朱德发先生,而且是主席台的最靠边的座次。主持人一一介绍主席台就座的领导时,每次都有礼节性的全场掌声。没想到的是,当最后介绍到朱教授时,偌大的礼堂突然爆发出雷鸣般的掌声,而且还夹杂着高呼声,一阵阵的,经久不息。数千名学生中没有几个人认识朱教授,甚至也不知道他的专业与成果是什么,他们毫不吝啬地为之鼓掌的是一种象征。这次掌声与此前形成巨大的反差,但没有人觉得有什么不妥,学校的校长、书记更不会有什么不自在,这样的效果不正是大学精神的表现吗?这不正是领导治校的目标之所在吗?虽然至今为止我以不同身份旁听过好几次开学典礼,但那样的掌声却不复遇见。

第二个是电影院里的掌声。每到周末，学校的大礼堂便会变成电影院，以廉价票为师生放映最新或富有教育意义的影片。我也去看过数场电影，记忆中，在这里，与一般电影院最大的不同，是不时会自发地爆出一阵掌声。这掌声总是爆发在恶人得到最终惩罚或者故事所寓意的哲理得到昭示之际。而当影片中的人物对话含有丰富的潜台词的时候，当人物动作表现出极强的戏剧性的时候，全场则发出一阵会意的笑声。在这里掌声不约而同地献给了良善、正义与真理，它显示出一个群体的精神面貌与心灵质地，也在无形中给人以向善向上的莫大动力。

　　第三个掌声则不时回响在课堂上。假期去各地集中上的函授班的课常常有百人之多。因为是集中连续上课，便有机动的时间把重点的作家作品讲细讲透；因为教室太大学生太多，便不得不把声音提高八度，也要讲解得更加清晰生动，富有吸引力和感染力，以免学生走神。令人难忘的是，在这些课堂上，当那些重要文学现象的审美本质被揭示出来的时候，当那些重要文学人物的典型性被传达出来的时候，当那些重要文学描写的微言大义被大家突然领悟的时候，总是一阵掌声响起。这掌声袒露了求学者纯净的心灵与饥渴的求知欲，也成为老师获得成就感的来源。这时候，那些奔波于各地的劳累、口干舌燥的辛苦，在刹那间一扫而光。

三

　　是的，那辉煌是山东师大集体性的和时代性的辉煌，但对于一个见证者来说，那更是一种人性化的辉煌，是一种每个参与的个体都在劳动中充满着感动与激情、在回忆中充满着感念与温馨的辉煌。

记得每到寒暑假放假之际，院里分管成教工作的朱本轩先生就会将一包胖大海和一包金银花发到每位有函授任务的老师手中。那时候，你会发现，在各地上课的教师在上下课的途中碰面时，总是一手拿着讲义，一手端着一个玻璃杯，杯中金黄色的轻盈的金银花簇拥着一颗胖大海。胖大海浸泡膨胀后，深褐色、细细软软、圆圆的、毛茸茸的，在水杯的中央处沉沉浮浮，味虽略苦，但令人心安，一看就是滋润嗓子的完美药材。

在外地上课期间，我们还十分盼望学校或者成教学院的领导与行政工作人员巡视到访此处，因为每到一处，他们都会用实际行动慰问授课教师。这时候，授课点的东道主不但肯定会将平时就不错的伙食更加改善一番，而且还会专门安排联谊娱乐活动。在紧张的工作间隙畅饮一番，乐不思蜀的陶陶然情怀油然而生。

那些温馨就不多谈了，单说唯一一次记忆颇深的并不愉快的经历。有一年冬天，我去鲁北平原一个县师范的授课点讲课。很奇怪的是这个点招到的学员极少，只有六七个学生。这与其他地方动辄上百人的情景不大相同。自然，对于合作办学的东道主而言，招生数如此之少想必在经济上入不敷出，更难谈什么收入了；但这对于授课教师而言，工作量与责任心却是一如既往，毫无差别的。那一次在我赶到对方学校后，接待秘书将我接到办公室，告诉我他们的安排：晚上睡觉和平时休息就在这个办公室,吃饭则自己到附近的一个饭店,自行点单记账即可。我一看这办公室,是平房,有三间房的面积,六七张办公桌,角落是一张简易的床铺,唯一的取暖工具是屋中间的一个煤球炉。再看四周,凛冽的寒风不时从透风露气的玻璃窗缝钻进来,将煤球炉上方的一丝热气瞬间带走。看来,东道方的确是想省下住宾馆的花费。住在这里,如果是夏季勉强可以应付;但严寒时节,要连续上四五天的课,的确难以挺下来。踌躇一番后,我向接待秘书说了自己想住有暖气的宾馆的要求。秘书找校长请示后回来告诉我只能住在这里。我让她带我去见了校长,当面再次提出要求,校长说:就招了几个学员,哪有钱让老师住宾馆?我看对方如此坚决,就说:那我不管,也与我无关系,经济上的事你可以与我们中文系的领导商量,我只知道我上课需要有身体保证。反正要是冻病了也没法上课,如果你们不改变决定,我马上就回家去。接着我就回办公室,收拾行李准备离开。这时,秘书回来说:不用走了,就带你到宾馆去住,校长刚才说了,这事的确与你"说不着"。

其实,我们中文系的成教负责人早就嘱咐我们,无论到哪个授课点,如果有困难就提出来,如果对方解决不了,中文系一定会与对方协商解决。反正一定要保证老师们吃好住好,无后顾之忧,专心上好课。后来听说,在这个授课点,我们中文系不但没从对方收的学费收取分成,反而为对方全额补贴了老师上课期间产生的费用。想起来,恰恰是这次似乎不那么愉快的经历,更加有力地证明了我们山东师大成教工作富有人性化的一面,而人性化是一切事业辉煌的根本源头。

四

当一个人有幸融入一个辉煌的事业中时,当辉煌的见证者与参与者、体验者集于一身时,无疑地,那将会为自己留下一段幸福的岁月。

那是充满着友谊与师生情谊的幸福岁月。在高校工作的人都知道,不同院系老师之间很少有认识的机会,即使同一院系也有不少比较生疏的人。在集中授课的时候,不同院系不同班级的几位老师在某一个点会合,一起上课,一起吃饭,一起散步聊天,既加强了不同学科之间的沟通与了解,也建立起深厚的友谊,有的还成为跨学科的学术合作者。可以说,正是在长期的成教授课工作中,不同学院、不同专业的老师们分分合合,有机会从陌生到熟悉、熟知甚至成为长久的亲密朋友。而师生之间的情谊更是数不胜数。在不同学历不同形式的教学中,每年都有数次机会新认识各种经历各个年龄段的学生。来自各行各业的成人学生大都有工作的经历,十分珍惜这来之不易的学习机会,对于自己感兴趣的专业的老师更是不放过一切机会请教和讨论问题。在这一过程中建立起的师生情谊既纯洁又长久。直到现在,我与不少"老学生"仍然保持着联系,已经从师生成为朋友。一位在山东民政厅工作的处长,有一次到南京开会时,来到我家中喝啤酒。喝得多了些,一晚上反反复复地说着这样几句话:"你到济南时如果不给我打电话,是你的错;如果你给我打电话,我不请你吃饭是我的错。"

那也是充满着新鲜感的丰富游历增长见闻的幸福岁月。齐鲁大地物产丰饶,人杰地灵,历史文化根底深厚源远流长,而且五里不同风，十里不同俗，表现出多元化、多层次的民俗风貌。如果不是因为多年的成教授课，我想好多地方永远都没有机会造访。每到一处，总能深深感受到接待者的热情好客。他们总是不厌其烦地介绍当地的民风民俗、地理特色与地方特产，并热情邀请在上课的间隙去参观当地名胜古迹。

于是，"烟台的苹果，莱阳的梨，比不上潍坊的萝卜皮"不再是停在口头上的民谣，而是享受口福之后的切身体验。青岛啤酒、即墨老酒、孔府家酒，还有那趵突泉、浮来春、古贝春，能在它们的产地小啜品尝，也算是假装文人名士的附庸风雅了。而有机会拜谒孔府孔庙孔林、孟府孟庙、刘勰故居、王羲之故居、蒲松龄故里、诸葛孔明的出生地等等，更是难得的游历。以后无论走到哪里，自称"山东人"时，这可是最十足的底气。

这里难以一一回顾，就说一次记忆颇深的"失落"经历吧。有一年夏天，我去地处鲁西南的梁山上课。那时候的交通不能与现在相提并论，记得报到那天，在汽车上颠簸了一整天才到梁山。从车站花2元钱雇了一辆人力车，到达对方学校时已是傍晚。接待的几位校长、主任和老师早已摆好饭菜等着了。因为乘车辛苦，在路上时我就饥肠辘辘，但一想到梁山好汉以豪爽好酒闻名，到达后必然可以饕餮一番，我就来了劲头：喝点酒，饱餐一顿，自然辛苦全消了。果然，还没到饭店门口，就闻到浓浓的酒香飘来。但饭桌上的情形却让我深感意外。每个座位前端放着一个青色古拙的大陶碗，里面斟上满满的白酒，足足有六两之多！而且，根据这里的酒文化规矩，首先要连干三碗才算真正开始晚餐。我的酒量不过三四两，一旦超过这个量，必定会醉。如此这番,第一碗下去就只能去苏州买席子了。耽误正事那还了得!想到这里,垂涎欲滴的我突然抽回手来正告诸位:"不好意思,我从来不喝酒。但我喜欢看别人喝酒。"自从这次"失落"后,我再也不敢将自己只能小呷儿口的能耐称为"会喝酒"了。

  与这次"失落"相比,另一次非常意外的经历就幸福多了。每到暑假,承担骨干课程授课任务的老师往往要被安排去好几个地方,每处连续授课五天左右,中间留几天时间用于休整和乘车转移。有一年夏天非常炎热,我先去济宁授课后,患了热感冒,头痛,嗓子也发炎,回到家中几乎卧床不起。但几天后就需要去青岛授课。那时候,一俟任务分配完毕,一个萝卜一个坑,而且所有人都已按预定的轨迹出动,要换人几乎是不可能的。我请医生务必用最快的办法治疗,两天后虽然病情稍缓但仍然很不舒服。出发那天坚持着坐上车,从临沂老家赶到青岛海滨,一路昏昏沉沉。当晚早早就上床休息。那么多学生等着,无论如何不能耽误第二天的上课。没想到的是,第二天早晨起床后,发生了奇迹。我突然感觉自己的头痛、咽喉痛和感冒鼻塞的症状竟然一夜之间完全消失。刚起床时我几乎不敢相信自己的感觉,走动走动,吃早饭,在无人的地方大声说几句话,的确一切都恢复了。后来,回想一下,这奇迹的发生也许得益于青岛的气候,盛夏时节那一晚海边的凉爽空气与内陆热得不透气的气候不可同日而语,病中的身体对于气候和生态的敏感程度也许远远超出人们的想象。

  每每忆及这些,我是多么想留住那些难忘的岁月!

2016 年 8 月 16 日于南京仙林

学子江南游，齐鲁青未了

正如每个人都有一个生我养我的故乡，每个学子也都有一个理想起飞的母校。正如一个人的一生也许会生活过许多地方，但魂牵梦萦的永远是那一片热恋的故土，每位学子虽然有过从一个校园到另一个校园的成长旅途，但总有那么一个阶段，是人生观和价值观生成的关键时刻，是它给我们留下了一片心灵的圣地。于我而言，齐鲁师范学院就是我一生中这样一个非常重要的地方。不妨化用杜甫的诗句来形容，"学子江南游，齐鲁青未了"。

母校七十年遍栽桃李、传承文脉的辉煌历程，"博学明道、崇德象贤"的校训校风，还有"儿行千里母担忧"的情怀和召唤，使我今天有幸回到母校倾吐自己的思念，诉说感恩的心声。此时此刻，此情此景，无比的幸福，发自内心的激动，不忘初心再受恩师鞭策的兴奋，还有那寸草春晖难报万一的羞愧和惶惑，一齐涌上心头。

我是文学院 1989 级的学生，1991 年毕业。此后考上山东师范大学的研究生，毕业留校后，又考入苏州大学攻读博士，后来又进入南京大学中国语言文学系做博士后，博士后出站后留校任教至今。回想起来，从 1989 年到 1991 年尽管只有短暂的两年的时间，却是我人生中最有分量的两年。齐鲁师范学院当时还叫山东教育学院。入校时，我虽然已经有了中文专业的专科学历，当时全省范围内招收了一个班，我是以第二名的成绩考进来的，但是，当时的基础只能算是非常一般，没有更大的发展潜力可言。真正接受到系统正规、周密严格的专业教育，就是在母校的这两年。

当时中文系开设的课程非常齐全，学校纪律也非常严格，不但不允许上课时间有迟到、误课现象，晚上上自习都是要点名的。当然，这不是最重要的。更让人铭记的是各位老师严谨扎实的治学精神，挥斥方遒的课堂风采，还有教师们认真务实、一丝不苟的工作作风。梅贻琦说过，"所谓大学者，非谓有大楼之谓也，有大师之谓也"。我最深的感受就是，我们中文系的师资力量太雄厚了。每位老师都是以富有个性的学者面貌出现在我们面前，也以一种教书育人的师者形象站立在我们面前。同学们从全省各地选拔、汇聚到这里，也都非常珍惜这来之不易的机会，学习热情高涨，很多同学一进校门就把这两年视为实现自我价值、建立远大理想的契机。那是 80 年代末 90 年代初，社会文化正处在转型期，人文精神和学术气氛也十分浓厚，而同学们又正处于寻找和确立价值理想的关键节点上，所以，老师们如何做学问，如何对待工作，这一切也都更加容易直接影响到如饥似渴的学生们。

正是在这里，点点滴滴的学校生活，一场场的院系活动，一堂堂的课程学习，一次次的作业训练，给我们打开了一个崭新的世界。正是在这里，我深深地感受到了一个从研任教的人所可能具备的学问之美和人生境界。虽然已近二十年了，但是许许多多的细节依然历历在目、言犹在耳。李复兴老师口中尽显的现代诗魅力，曾宪文老师上课时的激情澎湃，李献芳老师的循循善诱，李雁老师潇洒自如的演讲风度，吴冰沁老师对当代文学的独到解读，王洪庚老师严谨深刻的学术话语，郝月梅老师对文学写作的深刻迷恋，还有李清民老师、国光红老师等等，他们都有着鲜明的个性和魅力，令人难忘。

正是在这里，在师恩沐浴之下，我经历了人生重要的几个"第一次"。

刚入校不久，在班主任魏瑞全老师的鼓励下，我第一次提交了入党申请书，并担任了班级的团支部书记。其间，从系党总支乔书记到杨维珍书记，从班主任魏瑞全老师到班主任李献芳老师，他们对于教育事业的忠诚、纯粹的信仰，对于工作的献身精神，对于大大小小的事情负责到底的作风，给了我太多的教益和感染。毕业前的那一个学期，在入党宣誓的会议上，我真的哭了，感动于他们的教诲和厚爱，感动于他们的真诚和鼓舞，感动于他们的寄托和期望。

在这里，我说一个小插曲，是一个非常小的细节，但对于我意义却是很大。有一天，是在比较热的夏天，我们班有一个劳动任务，中午到了吃饭的时候，需要有人在场地上值守，不能离开。我，还有几位同学，就表示留下来值班。同学们吃完饭给我们带回点吃的就可以了。其实，我已经忘记了这个小事情。很久之后，我才知道，这个事竟然成为党支部讨论是否接受我入党时的一个理由。原来是这样，劳动时，班主任李献芳老师也在劳动的场地，中午，她见有了值班的同学便放心地回家吃饭去了。李老师家住在楼上，从她家窗口正好能看到我们劳动的场地。从窗口她看到，让人昏昏入睡的中午，大家都走了之后，说好值班的几个中只有我一个人始终留守在工地上，所以李老师表示认可我。当然，这件事李老师不会与我说的，这属于秘密吧。是党支部另外一个委员在很久之后，与我谈起李献芳老师的学问和品格时，顺便举了这样一个小例子，说明李老师对教书育人是多么认真、较真和重视，对工作是多么细致入微。这个小小的例子，也让我深深地知道，做人和做学问同等重要。

正是在这里，我正式发表了第一篇学术论文。能够考上研究生，本来就要归功于母校老师们的教育、熏陶、影响和无私的栽培。没有母校的师恩，就不可能有基础走上考研做学问的道路。我记得最后一个学期撰写毕业论文，我的论文指导教师是王洪庚老师，在他的精心指导和鼓励下，我完成了《新时期小小说艺术成就管窥》的论文，并且被选入当年印制的《优秀毕业论文选》。这无疑也是一个极大的鼓励。

我说的第一次正式发表学术论文则是另一件事情。读研究生后的第一个学期，我结合对于社会与人生的思考，认为在人生真善美的境界中，其中的"真"是最重要的品格，包括真实反映、挖掘真相、追求真理等等，而中国的"五四"文学正是符合这样一个理想状态的文学世界。于是，我写了一篇较长的论文，题目是"'真'是文学世界的最高品格"，副标题是"论'五四'文学的求真精神"。当时的学术刊物比现在少很多，能够在高大上的学术刊物上发表学术论文是立志做学问的青年梦寐以求的目标，当然也非常难。我这时候就想起《山东教育学院学报》的主编给我们上过编辑学方面的课，这是那时候我认识的唯一的主编，关键是将稿子投给母校的老师，就相当于交作业一般。没想到，很快就得到编辑的肯定，发表于 1992 年第 3 期。这里面包含了母校多么大的师恩，多么难忘的鼓励啊。

其中也有一个小小的细节使我记忆犹新。我记得论文发表出来后，我非常激动，就到学校编辑部来拿刊物。取到刊物后，我想既然回到了母校，就顺便到班主任李献芳老师家拜访一下。当时，李献芳老师还没下班回家，我就在她家门口的楼梯拐角处等她。在等她的时候，我就打开发表我文章的这一期刊物在看。这时候，有一位老师经过，看到了我。这位老师就是李雁老师，是李献芳老师的邻居。虽然李雁老师也给我们上过课，我还帮他搬过家，在他家喝过咖啡，但他对我不是很熟。我看到李雁老师后，赶紧说：李老师好，我在等李献芳老师。李雁老师看到我，似乎想起来我是刚毕业的学生，但忘了叫什么名字。他是那种从来不重视虚套客气的风格，看到我在认真地翻阅学报，便用他那种特殊的语调说了一句话："莫非里面有你的文章？"然后连脚步也没停就转身上楼了。要是没这句话，这个细节我肯定就忘了。但因为这句话，就有了一个清晰难忘的记忆。我确信，母校的老师是真的特别崇尚文章，看重学问，是真的有那么一种"万般皆下品,唯有读书高"的清高和纯粹!

千言万语,也难以表达我对母校的深情和感恩之心。但我知道,这是我们的思想、学术和理想起飞的地方,这是我们心灵的港湾,它给我们插上飞翔的翅膀,并且将永远地关怀、影响和塑造着我们。

谢谢大家!

2018 年 9 月 20 日

(注:2018 年齐鲁师范学院举办了隆重的建校 70 周年庆典,笔者有幸应邀参加了相关活动。此文系笔者在 9 月 20 日举行的"校友发展论坛"上的大会发言。)

辑三

序跋与书事

《中国近现代启蒙文学思潮论》后记

  千禧年的 5 月 25 日上午，我的博士学位论文答辩会在苏州东吴饭店举行。正值江南梅雨季节，风声雨声一阵紧似一阵，虽不像北方那种瓢泼大雨的爽直，却有一股似乎永远也下不完的缠绵劲儿。整个天空都是灰蒙蒙的，只好把会议室的灯全部打开。窗外雨打芭蕉"啪嗒啪嗒"的声音密不透风地传进来，将会场的气氛衬托得更为庄严肃穆，我不禁感到有些惶然，自我介绍论文写作过程时只觉得心在扑腾扑腾地跳。还得感谢孙玉石教授的幽默。孙先生第一个对我的论文进行评议，他一上来就说这篇论文他读得很累，占用他的时间最多，直到昨天晚上 11 点多还在与同房间的王庆生先生讨论其中的一些段落，尽管如此，有的地方还是没有"读懂"……他说这篇论文富有理性思辨色彩，十分有特色，猜测作者肯定是一个很勤奋，"很冰、很冷、很苦、很酷"的人。见面之后才发现并不是这样嘛：人很温顺、随和，而且这么瘦！这番开场白引起了在场专家与许多旁听者的一片笑声，气氛顿时轻松活泼起来，我的紧张突然间烟消云散。想起来真是难忘，而且那场雨几乎不间断地滴答了两天一夜，连苏州小巷都变成了一条条温柔的小河。

　　本书系在博士学位论文的基础上修改扩充而成，提交答辩的是书中导论第一节和第二、三、五、六、七章中的主要部分，原题为《中国近现代启蒙主义文学思潮新论》。应该说，这是一个难度系数很高的课题。之所以"勇敢"地选择了这一领域，完全是我的知识积累、研究准备与人生追求使然。读硕士时我做的课题是"五四"文学研究，不知不觉间对那一代知识分子、作家独特的启蒙气质，那种"独立之思想，自由之精神"越来越迷恋；并深受其影响，认定无论是文学创作还是文学研究都需要创造者具备一种深刻的启蒙心态与理性精神，毕竟我们是生活在一个非理性泛滥的时代，一个需要被拯救也需要自我拯救的时代。

　　在有些人那里，文学是精神的高蹈，或者灵魂的逍遥，或者情欲的宣泄，或者隐私的展览；在另一些人那里，文学是现实的摹写，或者技术的炫耀，或者理想的涂抹，或者政治的工具。当然这些也都是文学，都是"合理的"存在，但还有一种文学绝不是这样，它不允许我（们）糊里糊涂地活着，不允许每一个短暂的生命个体在被欺骗或者自我欺骗中消失；它要用思维着的悟性重估一切价值：我们从哪里来？我们到哪里去？ To be or not to be？它要用理性的阳光照亮一切阴暗的角落，让所有的痛苦与幸福都各得其所。——这就是启蒙文学。也许完美典型的启蒙文学创作，或者十全十足的启蒙作家并不存在，因为许许多多非启蒙、反启蒙的种子也在那里疯狂地生长并抢夺着大地与空间。因此，启蒙的阳光只是散落在文化史与文学史的世纪长河之中，但只要有一双理性的眼睛，它仍然是有迹可寻的，仍然是可以被重新提取、梳理和整合的。——这就是我所说的启蒙文学思潮。对文学创作的这种基本估价同样适用于文学研究。在我看来，文学史家、文艺理论家、美学家、批评家同样需要有一种坚定的堪以为之献身的启蒙心态，需要参与到启蒙思潮的汇聚与创造之中，这才不辜负一个所谓"人文学者"的名号。

于是，我的"五四情结"一路疯长为"启蒙情结"。所谓"启蒙情结"当然包括我的研究方法。西方启蒙思想家追求建构"体系哲学"的超拔精神及其启蒙哲学自身伟大的逻辑力量，震撼着我整个的身心，在近似阿多诺否定的辩证法中所说的那种"眩晕"感的怂恿下，一个雄心勃勃的计划油然而生：我也要在中国启蒙文学思潮这个领域重新建立起一个集历史现象与思维逻辑于一身的"思想体系"。这个计划产生得很早，考博时我就已经对它情有独钟了。要做就做大的，何况来日方长。那些日子，英国启蒙学者阿伦·布洛克那句话——"18世纪启蒙运动把一切都押在这样的一个信念上：如果每个个人的能量得到解放，它们的成就是无可限量的"——在我的耳畔反复回荡。我几乎要为自己将要进行的这项填补空白的"无可限量"的"惊人之举"沾沾自喜了。

然而，我的确低估了它强大的挑战性。我首先遇到了如何确定理论前提的第一道障碍。既是"新论"，又要有"体系"，而且研究对象自身也决定了不在启蒙理论与研究方法上作一番扎实有力的准备就无从下手，比如如何界定启蒙的内涵，怎样的创作属于启蒙,哪些思潮是启蒙文学思潮,中西启蒙的本质差异怎样,等等。我发现现有的启蒙研究有两种大的不良倾向:一是解构启蒙,一是坚守启蒙。后现代、后启蒙者致力于对启蒙的反思与消解,似乎忘记了他们所有解构的东西恰恰是今天我们最缺乏的和最需要的;坚守者喊得最多的口号是"重提启蒙",力图让辉煌的昨日重现,这又似乎忘记了启蒙自身也是需要被启蒙和不断发展的,我们面临的任务不是"重提"而是"重建"。更成问题的是这两种立场都没有系统地从理论上解决启蒙的内涵结构,他们所要消解或重提的"启蒙"往往不是同一个对象,而是一个游移的、流动的、滥用的文化概念。启蒙,启蒙,多少恶行假汝之名!不对此进行正本清源岂不又回到恶性循环之中。这使我陷入了这样的状况:我想找一个巨人的肩膀爬上去,以作为自己推进该领域的支点,但一方面苦于找不到,另一方面又似乎有许许多多这样的肩膀,只是没有一个适合我。看来得自己搭"台阶"了。读博第一年,学校和老师对外语要求极其严格,除了本校的各种考核,还必须通过全国大学英语六级考试。枯燥的字母已经占了我近三分之二的时间,剩下的三分之一便成了我与中外思想家尤其是西方启蒙家"对话"的"幸福时光"。从文艺复兴、启蒙运动到现代主义、后现代主义几乎所有与启蒙思潮相关的思想家我都一一涉猎钻研,个中甘苦自然一言难尽,它给我带来的"进步"是我越来越感到自己的学识不足与力不从心,越来越倾向于缩小、降低研究的目标。那一年我一篇文章也没写,唯一的"成果"是六本厚厚的读书笔记。

　　进入论文写作阶段后,更多更大的困惑接踵而至,也逼迫我不断调整论文的思路。这包括三个方面：其一，本来我想谈的是现当代的启蒙文学思潮，后来发现要搞清楚它的来龙去脉，20世纪初至五四前夕的近代启蒙文学是无法绕过的，继而又深感明末清初以降的"主情反理"的文学思潮也不能置之不理，所以就将研究的对象调整至以近现代为主，当代启蒙文学思潮只好留待下一步攻关了；其二，本来我想以文学创作的启蒙意识为主要论述对象，但后来发现要做到研究的完整性和系统性，就必须兼顾对启蒙美学思潮、启蒙文化、哲学思潮及其相互联系的考察；其三，本来我想从正面以挖掘启蒙文学的原创性贡献为主，后来发现在中国文化与文学现代化的实践过程之中，启蒙思潮的境遇极其复杂，命运多舛，步履维艰，因此还必须有一个在跨文化语境下进行理性反思的环节。这实际上分别在研究方法、研究视野、研究对象及理论资源上提出了"三个打通"的任务：一是中、西打通；二是近代、现代、当代打通；三是文学、美学、哲学、文化打通。尽管我曾想缩小论题，但似乎已是时不我等、骑虎难下了。于是我就这样硬闯了过来，既收获了些许的成功，也留下了不少的遗憾。

《道德嬗变与文学转型》序言

文学与道德的题目似乎很大，不过我的切入口很小，并且试图切得深一点、长一点。

为了解释切入问题的角度，先举一个生活中的例子。不久前，作为联系导师，我与五位大学一年级的学生有一次游山活动，途中给每人买了一个烤地瓜。其中有位学生拿到的烤地瓜没熟，很难吃，大家都笑她"人品不好"。我很奇怪，问为什么这样说人家。他们大笑着告诉我，现在说谁"人品不好"，只有一个意思，就是指他"运气不好"，这已经是非常流行的说法了。于是，那天大家不时地以"人品不好"彼此打趣。

这些年轻人自然都是"90后"，对时下的网络文化、流行文化非常熟悉，在交流中能够提供不少新鲜的事情。不过这一次却引起我莫大的困惑和深思："人品不好"成了"运气不好"的替代说法，那么原来意义上的"人品不好"哪里去了呢？道德意义上的人品好不好的问题不就没有话语可以表述和谈论了吗？后来，我终于想明白了。在新世纪的文化语境下，道德层面上的人品问题在某种程度上已经不存在了，或者更准确地说，真正的人品问题已经没有意义了，人们对一个人的品德之高下好坏的判断完全来自他的运气如何或者他的其他方面。可见，一种轻松的、通俗的、流行的话语方式的改变，恰恰深刻反映了社会道德文化逻辑的改变。这是我们要讨论新世纪道德的一个基本前提。

由此，就引出了新世纪文学与道德关系的话题。对此，我的基本看法是，新世纪出现了新的道德现象，但文学的道德叙事与道德表达在总体上已落后于现实生活。文学叙事中所反映的和抨击的道德意义上的假、恶、丑，不如生活中的更假、更恶、更丑，而另一方面，文学叙事中所展现的真、善、美，也不如生活中的更真实、更善良、更美好。这也正是我在一篇文章中提到的新世纪文学"低于生活"的重要原因之一。究其根源，我认为这不是作家想象力如何、语言水平如何或者写作技巧如何的问题，而是认识生活和反映现实的能力问题。如果一个作家没有能力从当下生活中看到道德文化的本质，根本没有发掘道德肌理的自觉意识，那么无论其想象力多么发达、技巧如何圆熟，也只能是无根的艺术和生活缺席的叙事，是延续着过去的审美定式滑落的文学。

30年前，一位敏锐的中国诗人对刚刚过去的"文革"时代的道德现实做了一次精彩的"回答"：卑鄙是卑鄙者的通行证，高尚是高尚者的墓志铭。这的确是一次紧紧扣住道德的现实本质的回答。然而，时至今日，这样的回答方式已经远远不能解答新的道德现象及其真相本质了。因为在"这世界得以运转的整个逻辑体系"都发生改变，都有了问题的前提下，"高尚""卑鄙"等这些关乎道德和"人品"的话语如前所述已经失去了固有的所指和内涵。一方面，权力或者某种势力或者层层渗透后的某些权力因素，不仅可以像以前那样在一定范围内垄断政治、经济和文化，而且更能够前所未有地垄断道德；另一方面，人们不再追究真相，不再追问"人品"问题，只关心"幸运"与否、成功与否。这样两个方面交互作用，就使得高尚与卑鄙之间、高尚与高尚者之间、卑鄙与卑鄙者之间的一系列关系，发生了根本的改变。更多的时候，卑鄙者的通行证是"高尚"，而高尚者的墓志铭也不再是"高尚"，而是"卑鄙"。

可见，新世纪文学理应调整叙事伦理以深入新世纪的道德本质，努力发掘和重新调整文学与道德的关联。然而，更多的作家尤其是成名作家，总是习惯于倚重历史叙事或者传统的道德判断进行创作，这样就使得新世纪文学不仅"低于生活"，而且道德失语。因此，有时候，真正能够反映生活本质的并非那些止于表象的现实主义创作，恰恰是那种带有魔幻现实主义或者荒诞现实主义色彩的文本才能触及道德本质与伦理真实。也正是在这一意义上，我想特别提到两个作品，即余华的《兄弟》和阎连科的《风雅颂》，它们透露出一种新的叙事伦理的出现。在前者中，"处美人大赛"的冠军不仅不是处女，而且是一个两岁孩子的妈妈，但她公开地并且风光地以"精神上的处女"为道德上的处女改写了内涵。这已绝不是什么丑闻，没有人在乎真相。于是，"处女"所象征的"高尚"成为这位冠军的通行证。后者中的杨科多被评价为一个堕落的知识分子形象，然而在我看来，杨科在本质上首先是一个高尚者，是与杨科的妻子、副校长等卑鄙者相对立而存在的。小说叙事伦理的重心不是写他的堕落，恰恰在于他的"被堕落""被卑鄙""被精神病"。可见，两部小说的叙事伦理正好构成了新的道德逻辑的两个侧面。然而，近几年也正是这两部小说受到了最严厉的非议和批判。我这里无意全面评价，只是由此想到，新世纪的文学与道德的问题不仅在作家那里被忽视了，即使在评论界、读书界和文化界，也少有人真正深刻地重新思考。

附：后记

身处现代性的危机与"道德大裂变"的时代，当一切坚固的东西都烟消云散之后，一个学者的存在方式再也不应该是概念的演绎和理想的孤鸣，而首先应该是做一个社会的观察者和当下生活的发现者。麦金太尔有一个著名的观点："不论什么道德哲学的主张，如果不搞清楚其体现于社会时的形态，就不可能充分理解它。"不唯如此，我们的审美立场和文学主张，我们对善恶的基本判断，我们对人性的认识，等等，都需要从当下生活和我们置身其中的人与人之间的现实关系入手，重新发现它们的新形态和新逻辑，方有可能获得理论的价值。

基于这一理念，笔者近几年有意识地围绕当下道德嬗变与文学转型的相关问题写了一些东西。一是在跨学科视野中考察当下中国的道德文化及其现实形态；二是从人心文化的角度窥测当下文化的深层结构；三是有感于当下文学与当下生活关系的断裂化趋势，进行了一些思考；四是选取了部分探索性的文学创作，试图从中发现一些有价值的叙事伦理和道德重构因子。这也就构成了本书的四章内容。

需要说明的是，本书的内容是断断续续写成的，许多内容和观点以论文的形式发表于《当代作家评论》《东吴学术》《文艺争鸣》《南方文坛》《当代文坛》《钟山》《江苏社会科学》等。这次有幸承蒙谭五昌先生盛情约稿并督促成书，笔者将各部分之间偶有交叉甚至重复的地方，尽量做了删改。有的部分在发表时因篇幅所限削减了一些文字，现在则采用原稿。也有一些内容是后来新写的。尽管如此，本书仍有许多不尽如人意的地方。谬误杂陈、错讹浅陋之处，谨祈方家教正，读者批评。

2012 年 6 月 13 日

（注：此文系笔者 2011 年 11 月 24 日在广州的"首届中国新锐批评家高端论坛"上的发言，后发表于《中国艺术报》，编辑加了标题：《人品不好＝运气不好？——谈新世纪的文学与道德》，因其与本书的主要论述及基本立场相关，现收录于此，权作序言。）

《在感性与理性之间》后记

许多年之后,我仍然常常想起那个与小伙伴偷偷离家远足的下午。

那是20世纪70年代初的一天,我终于攒足了两毛一分钱。这笔"巨款"刚刚达到一本小人书《孙悟空三打白骨精》的价格。记不清对这本书觊觎多久了。只记得先是在别人家里看到了这本迷人的书,如饥似渴地要先睹为快,翻阅一番,但遭到了拒绝,因为这是那个小孩在外地工作的爸爸刚刚带给他的礼物,他自己正爱不释手呢。崭新的装帧、鲜艳的图画、浓浓的墨香,勾起了我无限的渴望,当然更为诱人的还有里面神奇的人物和故事。遭拒后,我就暗暗记住了这本书的价格,并下定决心要买一本属于自己的《孙悟空三打白骨精》。

这个心愿——现在当然可以叫小小的心愿,但对那时的我来说却是最大的心愿,甚至是唯一的心愿——我只对最好的伙伴扈光国透露过,并且也成为他的心愿和秘密。他相信,作为铁杆伙伴，一旦我拥有了这本书，他自然是最优先的分享者。那时我的哥哥比我大好几岁，不屑与我们玩；而我的弟弟和妹妹比我小几岁，我又不屑与他们玩。扈光国与我同年出生，并且有一个共同的爱好，就是爱听大人讲故事，酷爱听评书，在一起总有说不完的话题，交流自己听到的故事，模仿大人说书的音调，一起品味那些充满魅力的文学话语。所以分享秘密的只有他一人。为了拥有这本书，我们俩早早做足了功课，不但把价格记得准确无误，即使没有新的入账也要每天数几遍铜板，而且从大人那里打听到卖这本书的书店，是在另外一个公社驻地，离我们的村子有20多里路。我们村所属的公社驻地离我们村虽然只有3里路，但可惜没有书店。

当第21个一分的硬币到手的时候，就是在那个下午。我迫不及待地找到光国，两人兴高采烈地上了路。八九岁的孩子没有出过这么远的门，只知道那个叫大庄的公社驻地的大体方向，只好边走边问路，也不知道是几点出发的，更没有意识到要估算一下来回的时间，况且那时候也没有时间概念。清楚记得的是当我们来到大庄，跨过一座沂河桥，终于赶到书店的时候，发现店门紧闭。我俩像当头被泼了一盆冷水，失望得快要哭出来了。我俩似乎不死心，紧扒着门缝往里瞅，里面隐隐约约地有一排排的书，大的小的，厚的薄的，黑白的彩色的，横排的竖放的，构成了一个琳琅满目的神奇迷人的世界。

我们要的《孙悟空三打白骨精》应该就在里面！这真是远在天边，近在眼前。铁将军像一座山隔断了我们热切的期盼。然而，令人想不到的事发生了。突然有人从里面大声问干什么的。

这声音现在想起来不是那么友好和蔼,可当时我们却似乎听到了这人世间最美妙的音乐。原来,书店刚刚下班,那位店员锁好了大门,正在收拾东西准备从后门回家,听到了前门我俩扒门缝的动静。我大声喊着要买书。那位敬爱的店员没有像现在有些小官僚小办事员那样撂下一句"下班了,明天再来吧"闪人。他问清楚了买什么书后,并没有开大门,只是打开了一扇窗子,收钱递书,转眼间我们经历了从极度失望到大喜过望的巨变。

如获至宝的我俩踏上返回的路途的时候,才发现天已经慢慢变黑,才感到深秋季节瑟瑟冷风的凉意,才发觉两腿发酸而且变得沉重,更要命的是光国说他娘绝对不允许他在天黑之前不回家。现在不但天黑了,而且离家尚有长途跋涉的距离,这才发觉闯了大祸。奔赴书店的路上,我们还能对着太阳说笑,渴望的热情驱动着轻快的脚步;回家的路上,则不得不面对现实的问题了。昆虫的鸣叫与满天的繁星不再是风景,漆黑一团的夜晚越来越深,回家的艰难与对回家后的恐惧交织在一起。

大概三四个小时的样子,我们终于看到了黑暗中安静的村落,确认是我们村之后,光国突然一声不响地铆足全力一溜小跑奔向自己的家。我怀揣至宝回到家里的时候,却发现光国的母亲端坐在我家里。原来她满村找儿子的时候,听一位邻居说好像看到光国与我一起出了庄,于是到我家要人来了。我母亲自然也不知我们去了哪里,这俩孩子奇怪的行径让她们讨论了半天也不知所以然,只好边唠嗑边焦急地等待。

第二天一大早,光国就找我一起欣赏《孙悟空三打白骨精》了。我们看小人书,都是头与头凑在一起,一会儿趴在床上,一会儿跪在桌前，一会儿坐在地上，边看边学，边比画边讨论，不放过画面下每一句话每一个字，也不放过画面上每一个人物每一件武器，更要把文字描写与图画上每一个人物的变化、每一个场景的变换甚至每一个眼神的变化细细对照。在画面与叙述的互相印证、彼此阐释中，在小说描写激发出的想象世界中，我们手上的小书成为读不完的经典，激动起来的时候我俩会手舞足蹈忘乎所以。记得有一次，我俩在光国家的炕上看小人书时，因为比画起来动作过大，把炕都给震塌弄散了。那一次因为我是主要的肇事者，他家里人没好意思加以责罚。不过，这次的出门远足却没那么幸运了。

这一次，因为对宝贝新书、对小说故事太投入了，我都没注意到光国有什么异样，只是隐约发现他不太愿意坐着或者仰躺着，更乐意趴着，不像平时那样随便什么姿势都可以。后来我才从母亲那里知道，买书的当晚，光国母亲对他进行了严厉的惩罚，屁股上挨了许多板子，并且警告他少与我一起玩，否则很容易跑丢的。也许第二天他的眼睛还红肿着，只是他勇敢地掩盖着，而我也没到能观察别人的年纪，自然不会注意这些。我家的家规远没他家那样严，虽挨了痛骂，却没受皮肉之苦。光国因我受罚，使我深感自责，但显然他不以为意，看来是神奇的小人书让人忘记了挨骂，也忘记了疼痛，或者换言之，宁愿受罚也要获得阅读的快乐，对《西游记》的热爱是超越一切的。

父亲是语文教师，也是当地颇有名气的文人墨客，而大我6岁的哥哥后来也因为酷爱文艺做了语文教师。这样，我小时候有更多的机会接触到小说故事诗词曲赋，很早就对文学产生了莫大的兴趣。直到现在,家里的长辈们说起我小时候的事时都会像讲笑话一样,说什么我当年在家里出奇的懒:大人逼着让推磨的时候,我就倒着推;让挑水的时候,故意把桶掉到井里。但是,只要父亲或者哥哥给讲小说,我就会帮家里干活,讲多长时间我就能干多长时间。由于这些原因,上小学后我最喜欢的作业竟然是做作文,而老师每次把我的作文当成范文在班上读的时候,都成为一种莫大的肯定和鼓励。

这里回忆儿童世界的故事,并非为了怀旧。其实我想说的是,对文学的本能的热爱完全来自文学的本真和本质,完全来自文学的想象世界对于阅读者感性世界的吸引。那些真善美的故事情节,那种自由自在的浪漫主义,那种反抗强权的自由精神,那种灭妖降魔的英雄气概,那种虚构世界的奇特逻辑,带给人无限的快乐和遐想。

换言之,文学的本质是美的,是快乐的,是自由的,是超越的,一句话,文学的本质是感性的。

许多年之后,当我读研究生的时候,有位读生物学且常常驻扎在实验室的同学找我很诚恳很羡慕地说:你们专业真好,研究的都是快乐的轻松的有趣的东西。然后,她说自己在实验室做试验非常枯燥,做试验的时候要忙碌;为了等一个试验结果出来,没有事,也不能离开,必须守着试验材料,有时候要守数小时甚至一两天。这些时间,她就都用来读喜欢的小说。她列了一些自己读过的新出版的小说,郑重其事地让我再给她推荐几本新的好小说去读。

此时,我突然发现,这位理科同学对我们有两个天大的误解。其一，我们的研究对象并非快乐的有趣的东西，各门专业课给我们开列的必读书目，没有一本是轻松的。哲学理论、史学著作、文学研究著作，甚至还有系统论、控制论等理论需要钻研。再用这些理论形成的视角去看小说诗歌的时候，感性的愉悦早已退居幕后，大脑中充斥的是逻辑是推理是沉重是规律。缪斯女神到了解剖学的视域之下，便远离了感性学意义上的美感。其二，我突然发现自己很久不读作品了，她读的小说我竟然大都没来得及读，那些理论书还没读完呢，哪有空余读小说。说起来，这个事已经是20年以前的事了。这个发现，我似乎没法向她讲明白，只记得我当时正热衷于用符号学理论解读周作人，用新的语言哲学和方法研究"五四"文学的文体解放过程。她哪里知道，这个过程不但不轻松，有时候简直比他们做试验还要枯燥还要沉重呢。

于是，吊诡出现了。爱上文学全因感性，而走上文学研究却主要依赖理性的导引了。

大概从读研究生前后开始，文学从当年那种忘我的乐园与幸福的源泉，摇身一变而成为愁肠百结的牵挂，忧心忡忡的所在。一个意象，我们要探究它背后的象征意蕴；一个辞藻，我们要挖掘它潜藏的微言大义；一段情节，我们要找出它隐含的批判指向；一个结尾，我们要读懂它牵引的价值建构。

于我而言，文学的本质确乎从感性之美的本能吸引变成理性的主动追踪了。2001年我刚刚做博士后的时候，申请并有幸立项了一个中国博士后科学基金资助项目，课题的名称便是"理性的追踪"。后来申请立项的各种课题也多以"启蒙文学思潮论"

等为题,由此亦可见我研究的旨趣之所在着重于"理性的启蒙"而非"感性的审美"。很长时间以来,从关于近现代文学的启蒙到当代启蒙,从理性的追踪到现代性的寻觅,从欲望辩证法的建构到道德文化逻辑的发掘,我孜孜以求者总关乎规律的发现与理性的建构,澄明的哲学境界成为我虽不能至而心向往之的最大愿望。

记得读研究生时在导师家里上课,有一次从他厚厚的备课笔记的扉页上看到工工整整的一句话:知我者谓我心忧,不知我者谓我何求!出自《诗经》的这句话,隐约可见到作为"五四"文学研究权威专家的先生心中的宏大思想抱负。此后,这句话也不时在我脑海中浮现,且引起强烈的共鸣。这当然未必出于"悠悠苍天,此何人哉"的慨叹,但无疑已经是文学折磨人的切身体验。

于是,从感性转入理性之后,快乐亦终被折磨取代。

文学本来是给人带来快乐的,可它却常常变为痛苦的根源;文学本来是轻松愉悦的,可它却常常被赋予了沉重的负荷;文学本来是真善美的代名词,可它却常常沦为获取某种意图的工具;文学本来可借以提高世人对生活的热情,提升人们对生命的热爱,可它却反而常常增加读者对生活的隔膜,加强受众对生命的绝望。《孙悟空三打白骨精》一度激发的那种感觉难道一去不复返了?难道是理性的一意孤行让我们背离了文学的本质?难道是灰色的理论雾霭遮蔽了常青的生命之树?

我不能不重新思考文学的本真要义,也不能不重新回味文学的自身价值之所在。我想,固然已经不可能完全回到孩提时代，完全沉浸于那久违了的感性的文学世界中，但也不能再像前些年那样怀揣理性至上的信念，过分为文学所累，应该做的也许是回到文学是人学的命题中，从人的感性与理性相交织的存在本质中，重新调整理解文学的视野和角度。当我们重返源头追根究底，当我们重新理解一些问题的时候，对于解释的解释远比对于事物的解释更重要，也更难。这些年，越来越多地发现，凡是那种硬要从某种理论去套一种文学现象的成果或文章，不但失去了鲜活的生命感，而且那理论也成为死的理论，毫无对事物的解释能力。面对文学世界，脱离了从感性出发的理性阐述，最终不但失去了感性，也会失去理性。而有些由感性切入、从生活与生命本身出发的研究，反而能够获得理性的建构能力，焕发出灼人的思想魅力。

是的，感性与理性虽然有和谐的时候，或者也有和谐的一面，然而更多的是矛盾冲突，甚至是尖锐的对立和无情的分裂。不过，这也正是生活的深度存在与生命的现场感的必然本质。正视文学的这一本质，也便是正视生活自身和生命自身。偏枯的心灵难以与文学相容，唯有感性世界与理性世界的复杂互动和有机结合方能触及文学的真谛。

突然发现，从感性，到理性，再到感性与理性之间，这不正是走了一条正—反—合的过程吗？这固然未免显得有些落入俗套，但它毕竟也算体现了世间万物发展的必然规律。

以上所述，即是这本小册子冠以"在感性与理性之间"的原因。书中大部分是最近几年新写的东西。思潮探讨类虽然不无理性建构的冲动，但尽量扎根于感性世界与现实生活的土壤。其中的作品评论文章，有些已经发表过。有些仅仅是在作品研讨或学术会议上的发言，借此出版的机会稍事整理，时间地点记不准确者便未注明，以求记录一孔之见与一时之感。几篇较早以前的文字，过去因为感觉过于感性，缺乏宏大的体系和理论性，本不想敝帚自珍，现也收入一点，算是表示对于感性的某种程度的回归吧。既然越来越深深感到感性的阅读体验的可贵，那么文学带来的点点滴滴的情思与冲动也便有了它存在的价值。

不想让这个大而无当的书名成为空洞的眼神，其实它想强调的主要是笔者正在重新思考重新调整，以及不断自我否定不断自我更新的一种心理状态吧。如果能得到读者和专家的批判斧正，那就更求之不得了。

《南京百年文学史》后记

这部《南京百年文学史》终于要面世了！它前后历时七年之久，较大规模的修改有五次之多，凝结了数位学者的心血与汗水，聚集了许多专家的关注与指导。值此出版之际，理应将该课题复杂的组织、领导与设计过程，以及该书往返无数次的写作、增删与修改过程交代一番。

本书的撰写工作启动于 2013 年 2 月 1 日召开的南京市文艺评论家协会理事会议上。市文艺评论家协会主席汪政先生将市文联决定组织撰写南京文学史的工作计划通报给理事会，宣布成立编撰委员会，并商议由我负责南京现当代文学史的撰写工作。我深感这是一项重要而艰难的任务，虽力有不逮，也有涉猎不周之虞，但身为协会理事有义务承担理事会交派的任务，而且我与几位同行或弟子对南京作家与南京文学一直较为关注。汪政先生与当时负责市文艺评论家协会的李海荣书记明确表示：一方面要求该书的撰写应坚持应有的学术标准和独立性；另一方面该书在出版时给予充分的经费保障。这给了我很大的信心和鼓舞。

执笔写作的课题组由我与4位年轻学者组成。南京信息工程大学的张勇副教授,其博士论文即聚焦于现代时期的南京文学生态,并出版有学术专著。在南京师范大学工作的赵磊,其博士论文选题是当代南京城市文化与文学,对此有较长期的钻研。江苏第二师范学院的陈进武副教授已经是颇有名气的青年批评家,对南京作家作品颇多关注。已经在南京大学留校任教的袁文卓博士,早在读博期间即开始系统地调研、搜集和整理南京文学报刊史料与作家年表,为查证到全面而准确的资料信息,他不辞辛苦地多次走访报刊社或当事人,奔波于图书馆与档案馆等。

全书初稿完成于2017年底。具体分工如下:张光芒:负责全书大纲设计、修订方案、修改落实和统稿定稿。其执笔章节:绪言;第五章的第二节(部分);第六章的第二节(部分)。张勇执笔章节:第一章;第二章;第三章的第一、三、四、五(部分)节。赵磊执笔章节:第四章;第五章的第一(部分)、二(部分)、三、四、五(部分);第六章的第一(部分)、二(部分)、三、四(部分)、五(部分)节。陈进武执笔章节:第三章的第二节;第四章的第一(部分)、二(部分)节;第五章的第一(部分)、二(部分)、四(部分)、五(部分)节;第六章的第一(部分)、二(部分)、四(部分)、五(部分)节。袁文卓执笔章节:第三章的第五节(部分);附录一;附录二。需要说明的是,这一分工主要是初稿的撰写。实际上,从2018年开始,主要的任务是根据编委会和专家们的审阅意见进行不断的增删、调整、修改和完善,修改定稿版与初稿有很大的不同。这一过程中，除了我对全书各部分都做过修改以外，另外几位作者也交换修改过，该书完全可以称得上是精诚合作而非各自为政的集体智慧的结晶。

编撰委员会各位成员为本书的研究和写作付出了长期的实实在在的工作。从撰写大纲的讨论确定，到初稿的数次审阅和修改，再到最后的统稿和定稿，都经过了编委会各位委员认真负责和高屋建瓴的指导和建议。仅我能够查到的全体编委会成员参加的讨论会议记录就有五次之多。该课题延展时间很长，市文联的分管领导从书记李海荣先生到一级调研员王维平先生，统筹该工作的评协秘书长则从陈敏到毛敏再到蒋灿灿。尽管许多工作及业务问题需要有个熟悉过程，但他们总是克服重重困难，不厌其烦地联络统筹。任家龙书记一直十分关心本书的写作及进展，并提出了重要的意见和建议。王维平先生长期在南京文学界工作，对南京文学界掌故十分熟悉，尤其对年轻的南京作家群体了如指掌，提供了许多珍贵的一手资料。他们在该课题的组织工作中表现出的高度的事业心和责任感令人敬佩！

特别感谢南京市文联为本书稿聘请的各位审稿专家！中国现代文学研究会会长、南京大学中国新文学研究中心主任、教授、博士生导师丁帆先生，江苏省作家协会党组成员、书记处书记、副主席汪政先生，南京大学文学院教授、博士生导师、南京大学校长助理吴俊先生，凤凰出版传媒集团副总编辑、南京市文艺评论家协会副主席王振羽先生，南京师范大学文学院教授、博士生导师、南京市文艺评论家协会副主席何平先生，南京市作家协会原副主席冯亦同先生，南京市作家协会原副主席孙华炳先生，江苏省委党史工办原副主任、党史专家赵一心先生，等等。南京市党史办刊物编撰处原处长、副研究员、作家肖振才先生则由市文联聘请承担了本书的内容勘校工作。各位权威学者于百忙之中审阅书稿，慷慨赐教，不但多次提出详尽的思路调整与修改建议，而且提供了许多宝贵的资料和线索。审稿专家的指导和建议大到章节设计与整体定位，小到一个字一句话的表述方式，都反复推敲，每每给人豁然开朗之感。如果没有诸位重量级专家的审阅和指导，该书要顺利完成是难以想象的。

南京百年文学史及两个附录的设计与写作是一次全新的尝试，它所涉及的内容信息极为丰富，有些作家作品系首次在文学史著作中出现。巨大的信息量以及某些资料搜集的困难度，也导致更容易出现内容上的错讹、编排上的偏颇，以及挂一漏万之处。欢迎大方之家与广大读者不吝批评赐教。

2020 年 9 月 8 日于南京仙林
修改于 2021 年 2 月 9 日

附：《南京百年文学史》新书首发式上的发言

尊敬的陈勇部长、尊敬的纪增龙副部长、尊敬的任家龙书记、尊敬的各位领导、尊敬的各位专家学者、尊敬的各位作家评论家、尊敬的各位媒体界的朋友以及所有在场的嘉宾：

下午好！

作为《南京百年文学史》的领衔作者，首先向百忙之中出席会议的所有嘉宾表示衷心的感谢!

站在这里的此时此刻我既兴奋激动,又荣幸备至,既深感幸福,也感慨万分。七年前,它仅仅是秦淮区四条巷12号一粒刚刚开始孕育的小小种子;七年后,它在文学之都的街道上长成了备受关爱的一棵树。

请大家允许我做一个简短的汇报。本书的撰写工作启动于2013年2月1日召开的南京市文艺评论家协会理事会议上。市文联李海荣书记与市文艺评论家协会汪政主席将市文联决定组织撰写南京文学史的工作计划通报给理事会,宣布成立编撰委员会,并商议由我负责南京现当代文学史的撰写工作。我深感这是一项意义重大而充满艰难的任务,但理事会向我明确表示了两点,打消了我的疑虑。一是对于该书的工作给予充分的人力、物力和财力的保障;二是鼓励该书的撰写坚持应有的文学史观和学术标准。这两点给我带来的信心与鼓舞之大是不言而喻的,决心做出一部属于南京城的集区域文学史、资料编年史、城市文学史于一身的扎实著作。我简短的汇报可概括为四个难点、四个准备和两个发现。

工作启动之后,首先是对该书撰写的主要难点和难度做出充分的预估和研判。我们摆出了四个难点。第一个是,史料发掘的难度比较大。第二个难点是如何突出南京百年文学史的城市特色。第三个难点在于如何选择入史作家,这是个重要的挑战,既是有关区域文学史写作上的理论挑战,也是区域文学写作上的实践上的挑战。1949年前,作家流动;新时期以后,作家流动、变动更多。作家与南京的复杂关系需要认真对待。在如何选择上,还涉及哪些南京作家可以进入我们的写作视野,年龄、影响大小不得不考虑进去。第四个难度较大的问题,就是如何定位作家的思想艺术成就,反映在写作体例上就是如何排序、如何安排篇幅等问题。这很重要,也很敏感。

针对上述四个难点,我们一一努力克服,准备工作从四个方面展开。第一是基础文献的准备。搜集文献,发掘史料,也进行田野调查和实地采访。第二是理论论证的准备。论证本书应该采用怎样的史学体例,怎样把握南京百年的历史发展规律,开辟地方路径,强调南京百年文学史的地方路径的本体价值;也包括论证什么是"南京作家",它的内涵外延是什么,南京作家分为哪几种情况,对于哪种情况采用怎样的写作方案;论证城市文学史的体例应该怎样设计。民国时期南京的特殊地位,也会给南京作家这一身份带来十分复杂的情况,比如南京日伪时期,有的南京作家在政治上失节,有的直接做了汉奸,对于这样的作家如何处理,必须慎重对待,明确指导思想。在这个问题上,通过与党史专家的讨论,我接受了许多中肯的建议。比如对于那种在民族气节上有问题的文人,就要尽可能地将其从我们的文学史中去掉。第三是写作队伍的准备,不能少,也不能多。第四是叙述风格的准备。文学史的写作风格如何统一,这也要事先准备好、统一好,否则几位执笔者会不知如何下笔。出版以后,我听到有学者评价,这部书的文学史叙述风格比较统一,像是一个人写的,这是因为做足了较充分的准备,当然也与我们初稿完成后修改下了大功夫有关。

通过努力,该书在两个方面实现了重要的"发现"。第一是文学史料的发现。这次的写作是研究界第一次对于南京百年文学史料的系统发掘和梳理。南京百年文学史上的文学报刊的创办与流变的情况从出版传媒的层面上反映着南京文学发展史上或迂回曲折或波澜壮阔的演进轨迹。本书列出了南京百年文学报刊234家，而且力求展现每一家文学报刊的存续时间、出版周期、主办方或者编辑情况，客观、真实并丰富地展现出百年南京文学史的复杂过程。比如，234种文学报刊中，我们发掘出在南京沦陷时期创立存续的报刊80余种。从前人的研究来看，最全的研究成果也仅仅列举出大约50种，而我们搜集到的多达80余种。应该说，这突破了南京沦陷时期文学研究的既有认知，体现出较高的史料价值。这是因为，位于南京的中国第二历史档案馆、江苏省作家协会档案室、南京市档案馆、南京图书馆、金陵图书馆等存档藏书机构，存有大量近现代文学史料，这些构成了研究南京百年文学史得天独厚的优势。然而，许多档案资料或久未公开或长期饱受冷落，它们在阴暗角落等待有心人悉心发掘整理并加以利用，这就要求著者在笔力脑力之外增强脚力眼力，本着严谨求真的态度突入广阔待垦的史料空间孜孜探索。

第二个发现是作家的"发现"。除了文学史料的发现，还有作家的发现也很重要。本书共涉及南京作家416位，这也应该是迄今为止最全的南京百年文学作家名录了，但这不是最重要的，更为重要的是，我们的文学史写作除了对于作家个体的发现，还有力求达到对于作家与南京的关系的发现，再就是在作家创作与南京的关系的梳理中发现独具特质的南京百年文学史的发展规律。在写作中，我特别高兴和自豪的一件事是我们发现，百年来我们不仅拥有大量的比较典型的南京作家，而且整个中国现当代文学史上的杰出作家基本上都与南京有着千丝万缕的关系，"文学之都"的称号并非浪得虚名。

今天我的发言主题与其说是汇报，不如说是"感言与感恩"。我更想表达的是，《南京百年文学史》的写作团队仅仅是一个小而精的学者团队，但它的主导者却是有关领导和部门组成的强大团队，它的编委会与审稿专家更是一个阵容豪华的专家团队，它的关注者包括文学之都许许多多的作家和读者，它的支持者更是我们置身其中的这座世界文学之都的所有南京人。

衷心感谢南京市委宣传部、市文联、市文艺评论家协会高瞻远瞩的超前眼光、支持文学事业的宏大气魄与持之以恒的崇高敬业精神！感谢陈勇部长多次从不同的角度对本书的无比关心、高度重视和大力指导！任家龙书记对本书写作及进展高度关注，悉心指导，精益求精，反复提出修改要求。但今年夏天，任书记终于表态说："《南京百年文学史》的撰写永远达不到完善与完美的程度，是时候让它与读者见面，去接受更广泛的批评意见了。"于是促成了本书的出版。李志平副主席悉心指导，精心策划，高度重视。王维平先生长期在南京文学界工作，对南京文学界掌故十分熟悉，尤其对年轻的南京作家群体了如指掌，提供了许多珍贵的一手资料。

隆重感谢本书编撰委员会各位委员！这是我作为一位学者在研究生涯中遇到的最敬业、最辛苦、最富有责任心和凝聚力的编委会。他们都有自己繁重的科研任务，但为本书的研究和写作付出了长期的实实在在的工作。从撰写大纲的讨论确定，到初稿的数次审阅和修改，再到最后的统稿和定稿，都经过了编委会各位委员认真负责和高屋建瓴的指导和建议。仅我能够查到的全体编委会成员参加的讨论会议记录就有五次之多。汪政先生、吴俊先生、王振羽先生、何平先生等的指导和建议尤其多，关心更是七年如一日。

特别感谢江苏凤凰文艺出版社张在健社长、范红升总编、李黎与项雷达责编！他们对本书的厚爱和付出的大量的心血，让人感动！

谢谢大家！

2021 年 12 月 2 日

（注：2021 年 12 月 2 日，由南京市文联主办，南京市文艺评论家协会、南京市作家协会、金陵图书馆等共同承办的"《南京百年文学史》新书首发式暨新时代南京文学发展研讨会"在南京举办，此文系笔者的会议发言。从中可以更清晰全面地了解该书的诞生过程和帮助过我们的同人，特附录于此。）

《晚清以来中国"社会启蒙"文学思潮史》后记

2016年,我申请立项了教育部人文社会科学重点研究基地重大项目"社会启蒙与文学思潮的双向互动"(项目批准号:16JJD750019)。从20世纪90年代末开始,启蒙文学思潮一直是我的重要研究方向。在这个研究方向上,人文启蒙与道德嬗变、个体启蒙与理性精神、自我启蒙与人性解放等,构成了一系列核心的论述话题。这个系列题域以精神文化心理层面的启蒙为主,这在文学"向内转""回到人本身"的历史要求和现实需要的大背景下,无疑有着充分的合理性和学术价值。但是,随着文学创作实践和社会语境的嬗变,并在谋求学术突破和创新的驱动下,我的思想理路也发生了一些改变。先是写了一篇论中国当代文学应该"向外转"的文章;同时试图将启蒙文学思潮的研究内涵加以扩大,并将研究重心"向外转"至社会启蒙的层面,于是有了这个课题,有幸得到教育部和南京大学中国新文学研究中心同人的大力支持。

根据笔者的设计理念,这个重大课题要提出一个新的命题,即将晚清以来"社会启蒙"文学思潮史进行一番梳理;同时还要强调和贯穿一种新的方法思路,即以"文学思潮对于社会启蒙的促动和纠偏"为基本思路。可想而知,无论从学术难度,还是从工作量来说,这一研究的挑战性是相当大的。好在按教育部要求,该项目可于"十三五"期间完成。也就是说,最长可以有近五年的时间来专攻这一前沿性课题,这样就避免了赶时间、赶任务的尴尬。我与课题组人员用了较长时间搜集资料,也用了较长的时间进行理论准备、逻辑论证和专题研讨。课题组成员在这一过程中,都能够刻苦钻研,勤奋写作,进步显著,仅标注中期成果的学术论文就发表了几十篇,也受到学界同人的一些注意和较多的鼓励。

课题组人员具体分工如下:张光芒负责全书设计、内容统筹、修改统稿、导论及第六章的部分撰稿。第一章内容由徐莉茗负责,成员有姜淼;第二章内容由赵京强负责,成员有姜淼;第三章内容由徐璐负责;第四章内容由蒋洪利负责,成员有王振;第五章内容由袁文卓负责;第六章内容由王云杉、张鑫负责,成员有任一江、田青艳等。各章负责人还参与了部分书稿的修订及相关内容概要的撰写。

尽管我们做出了最大的努力,但因课题难点较多,方法上力求开辟新路径,再加上视域有限,科研能力亦有差异,这不能不影响本书整体上应该达到的学术水准,也难免出现错讹浅陋、挂一漏万之处,祈请方家与读者不吝批评教正。

安徽教育出版社的徐鹏老师对本课题的研究进展始终关心有加，鞭策鼓励，并为本书的出版提供帮助，竭诚支持。在此对她的辛勤劳作，以及她在整个过程中体现出的学术情怀和敬业精神谨表由衷的感谢和崇高的敬意。

《中国新时期文学期刊目录汇编》序言

史料学的建设是否全面、完善和系统化,是一个学科是否走向成熟的重要标志之一,而目录学是否发达和完备,又是史料学建设的显要标志。在中国学术传统中,史料学及其相关的文献学、版本学、目录学等,历来居于正宗地位。中国现当代文学这一学科稍有不同,一方面,它距离较近、嬗变频仍;另一方面,它注重社会性、思想性与现实意义。因此,史料学的建设既不显得那么迫切,也未被赋予应有的学术地位。但是,20世纪末21世纪初以来,随着学术生态的变化和学科自身发展的内在需求的剧增,中国现当代文学学科的史料学的地位日益凸显,甚至有现代文学"史料学转向""文献学转向"的说法。将史料学作为主攻方向的学者较前增加不少,目录学的重要性也随之引起重视。

尽管如此,在中国现当代文学研究领域,文学期刊目录汇编的搜集、整理、编撰与出版,尚集中在1949年之前的近现代时期。继20世纪80年代末唐沅先生等编的《中国现代文学期刊目录汇编》之后，刘增人教授主编的《中国现代文学期刊史论》于 2005 年出版。2010 年，由吴俊教授等主编的《中国现代文学期刊目录新编》出版，该书系南京大学中国新文学研究中心重点资助的成果，逾 700 万字，收入自 1919 年至 1949 年期间中国现代文学及相关期刊 657 种，成为迄今规模最大、收录数量最多、编制也最全的一部中国现代文学期刊目录索引工具书。当代文学时期文学期刊目录汇编的工程启动则缓慢得多。近几年，也知悉有学者开始做这方面的工作，但进展有限。

实际上，20 世纪 90 年代之前的当代文学期刊，迄今已逾三十年以上，而且那时候也属于前互联网时代，资料的散佚、流失已经比较严重。再者，那时期文学刊物的创刊、复刊、试刊、改刊、并刊、停刊等现象频频发生，不深入其中难以想象文学期刊流布的复杂程度。这一点在我主持本书的编撰过程中有特别深的体会。从另一方面来说，当代以来，特别是改革开放以来，文学期刊的数量、发表作品的数量巨大，如果缺少这样一个庞大的基础工程和专业的资料整理，必然会极大地影响学科建设与学术发展。

南京大学中国新文学研究中心作为教育部人文社会科学重点研究基地，历来十分重视基础研究工作和资料库建设，从叶子铭先生、许志英先生、董健先生，到丁帆教授、王彬彬教授等，一直坚持组织国内外学界同人，主持大型史料编撰工程，如《中国现代戏剧总目提要》、《中国现代文学期刊目录新编》、《中国当代戏剧总目提要》、"江苏当代作家研究资料丛书"、《二十世纪中国戏剧理论大系》、《"学衡派"谱系——历史与叙事》、《铁凝文学年谱》、《十年论鲁迅——鲁迅研究论文选（2000—2010）》、"中国乡土小说研究丛书"等，这方面的成果颇丰。

本资料汇编的搜集整理工作，作为南京大学中国新文学研究中心重点资助项目，正式启动于2012年底，前后历时近十年。前半段时间主要跑各地图书馆与杂志社进行搜集整理工作，有的刊物则只能求助于朋友和私人关系才能收集到手。后半段时间集中于反复校对和查漏补缺。整体设计与统校统稿由主编负责，编撰组成员中，许永宁、杜璇、史鸣威、姜淼等承担了非常大的工作量。编撰过程中遇到过各种各样的困难和始料未及的周折，但选择了这一课题也就选择了担当和使命，个中甘苦自不足为道。

本书学术顾问丁帆教授和王彬彬教授始终支持和关心着本书的进展。王彬彬教授不但提供了收藏的资料，还提出了不少指导性建议。对民刊深有研究的傅元峰教授辗转托人提供了宝贵的民刊资料。南京大学出版社的施敏女士在四年多的编辑过程中，付出了大量的心血。还有许多师友从不同渠道提供了必要的帮助。如果没有这些宝贵的指导和鼓励、慷慨的支持和帮助，本书的完成和出版根本是不可想象的。

众所周知，1949年以前的中国现代文学期刊与其后的文学期刊，在地域分布、编辑队伍、内容设计、出版周期诸方面完全遵循不同的规则，因此在文学期刊目录汇编的编撰上，自然有不同的特点和要求。因此，本书的内容编排、体例设计与期刊选择等方面，尚无可以参考的完整样本，只能说是一次严谨认真而小心翼翼的尝试。在当代文学期刊史料研究领域，这只是一个引起大家关注的开始，也是一次抛砖引玉的工作。编撰工作中的错误和遗漏、各地期刊选择中的疏忽和遗憾、编排体例上的不足和问题，都有待于大方之家与学界同人不吝批评教正，以期将来能够不断弥补、改正和完善。

以下是关于本书的编撰说明。

本书收录文学期刊目录从1976年至1989年，共计112种，是国内外首部中国新时期文学期刊目录索引工具书，是第一部全面反映新时期十余年文学期刊分布、流变及发表文学作品全貌的资料汇编。中国当代文学史上所谓"新时期"一般指1978年至80年代末，也有观点认为"新时期"指1978年至90年代末。本书"新时期"的时段下限至1989年，因为文学期刊在整体上以二十世纪八九十年代之交为界发生了明显的转型。而上限则推延至1976年，这主要是因为1976年"文革"结束至1978年的过渡阶段，小部分刊物已经开始复刊或创刊，将这两年纳入进来，可以更加完整地体现"文革"结束以后文学期刊的动向。文学期刊史与文学史的分期本来就有不同的规律和变化轨迹。

一、期刊来源说明

本书目录汇编的来源期刊主要有以下四种类型：

1. 全国性文学期刊。

2. 省（自治区、直辖市）级文学期刊尽可能收录齐全。需要说明的有两点：其一，本目录汇编不包括台、港、澳等区域的文学期刊；其二，基本按20世纪80年代的行政区划加以归类。比如：重庆于1997年才划为直辖市，所以重庆的文学期刊在本书的"区域目录索引"中仍然属于四川省；现在的海南省虽然于1988年才正式成立，但区划调整发生在1989年以前，因此在本书的"区域目录索引"中,海南的期刊归类于海南省。

3. 地市级文学期刊中收录了较有代表性或者影响较大或者特色鲜明的部分期刊。

4. 由出版社、各类协会、文学团体等主办的文学期刊,行业性的文学期刊,民间文学刊物等,其中较有影响力或者有特色的部分期刊亦收录。

二、编撰体例说明

1. 每种文学期刊按照刊名、封面照片、刊物简介、发刊词和目录五个方面的顺序加以编排。有的期刊在此时段内并没有发刊词刊出,此项省略。

2. 刊名。刊名以1976年第一次出刊的名称为准,同时收录各个刊物更名或者合并之后的名称,皆以括号形式附在第一次出刊的刊物名称后,比如:《北京文艺》(《北京文学》)。另外,也有期刊重名的现象,对于这样的情况,在期刊名称后面加注出版地,以示区分,比如:《希望》(广州市),《希望》(合肥市)。

3. 封面照片。封面照片主要以刊物本时段内的名称的封面照片为主,同时收录部分更名、复刊后的刊物封面照片作为参考。

4. 刊物简介。简介内容主要从刊物名称、刊物类型、主办或主管单位、主编及主要编辑、刊物的定位、主要的栏目和特色栏目以及影响力等方面进行介绍。20世纪80年代许多省的文学期刊主办单位标为"中国作家协会××分会",各地分会从80年代末到90年代初纷纷改为某地作家协会,为统一表述,本简介中一律使用后者。

5. 发刊词。发刊词的形式不一,有以"发刊词"为题的,也有以"复刊词"或"编者的话"等形式出现的,为更好地了解刊物办刊特色或办刊宗旨,一并收录,保持原貌。

6. 目录。首先,尽可能保持目录原始的风貌;其次,小部分期刊目录由于电子文献传递的原因,缺少栏目说明;最后,小部分刊期的目录有缺失现象,除了资料搜集所限外,有的是因为刊物试运行、内部发行,有的是由于改刊、合并、停刊,情况不一。另外,1989 年创刊的文学期刊因在此时段内过于短暂,未作收录。

三、本书目录说明

1. 本书设有两种形式的目录,即"目录"(音序目录)和"区域目录索引"两种。

2. "目录"系按音序方式进行排列。音序目录以 1976—1989 年时间段内第一次出刊的刊物名称的首字母音序排列。此后因更名或复刊出现名称变动等的刊名,皆以括号形式附在第一次出刊的刊物名称后。

3. "区域目录索引"附在"目录"之后。区域目录主要以各省(自治区、直辖市)为分类单位,另有全国性文学期刊和民间文学期刊两种单独归类。各区域内的刊物仍按音序方式进行排列。在该目录中,因更名或复刊出现名称变动等的刊名,单独列为一个条目,这样可以最大程度地方便读者检索。另一方面,区域目录的排列,可以直观地展现出新时期文学期刊的分布格局、地理特色,以及地域文化与文学之间的互动关系。因此,"区域目录索引"的设立也是十分必要的。

辑四

读书与读人

序大戈编《新启蒙文丛》

种种迹象表明，21世纪的中国正在陷入一场深刻的文化危机！所谓的大众文化在消费市场与以网络为主阵地的媒介的联合冲击之下，已近彻底地沦丧，物欲横流，情欲泛滥。而所谓的精英文化在技术主义与官僚体制的联合绞杀之下，已是公开的虚伪，浮躁自恋，麻木堕落。今天的人性现状尤其让人痛心疾首，因为愚昧和无知，傲慢与偏见，构成了它最为基本的内核。过去任何时代的是是非非、任何的价值与准则，在当下似乎都变了形，失了效。比如说，过去虽也常有正不压邪的悲剧，但在这悲剧里至少能让人看到人性的斗争，使人们明白悲剧是如何发生的，使人们清醒地意识到假丑恶有时是会战真善美的，然而今天的邪恶、丑陋却时时以冠冕堂皇的面目出现，悲剧发生了，你却找不到它的根源，看不清它的实质。如果说过去，我们在被扼杀的善良背后总是能找到一个或多个敌人，即悲剧的制造者，那么现在，我们已经找不到这个悲剧的制造者了，悲剧的主人公永远不知道他的敌人是谁。——这是多么可怕的一种文化！又是多么混乱的一种人性状态！

两个多世纪以前，当有人问康德我们目前是不是生活在一个"启蒙了的时代"的时候，这位大哲斩钉截铁地回答：不，我们正处在启蒙的时代！两个世纪后，福柯已经无意于追问有没有"启蒙了的时代"的问题，他只想说明启蒙是一种永无止境的批判精神，比如试验态度、超越精神或赋予自由以形式的耐心劳作等等。其实，今天当有中国人宣言"启蒙终结论"的时候，或者自以为是地认为已经获得自由了的时候，康德的回答依然掷地有声，福柯的回答亦如当头棒喝。同样富有启发性的是英国思想家阿伦·布洛克所言，启蒙运动永远没有最后一幕：如果人类的思想要解放的话，这是一场世世代代都要重新开始的战斗！

在中国，当鲁迅用"铁屋子"喻指中国启蒙的困境的时候，当沈从文忧心如焚地建筑人性神庙呼唤文化重建的时候，当50年代的胡风直言"旧东西"借尸还魂，当时的理论界是"赤裸裸的复古"和对封建缴械投降的时候，当20世纪末李慎之呐喊重新点燃启蒙的火炬的时候，……他们的心灵是与人类追求自由的精神共鸣的，他们的思想是与中国文化的深层需求共振的。然而，中国启蒙的历史常常要偏离这种共鸣和共振。

一百多年以前，以"新民"为核心的近代启蒙运动由于缺乏充分的现代性吸收与孕育，如先天不足、后天又少合理营养与膳食结构的婴孩一样，其质素与肌理的僵化也就不足为奇了。"五四"新文化运动为中国启蒙准备了一份不无完整的启蒙谱系版图，但是其科学与民主的外在要求与伦理革命的内在要求之间发生了抵牾，并没有同步深入，也过早地发生了向"左"的转向。30年代中期的"新启蒙运动"并没有完成"扬弃"与综合创造的任务，反而从文化启蒙转向救亡运动，并最终转向反启蒙。80年代的"新启蒙"在"回归五四"的旗帜下对历次启蒙运动包括"五四"运动做出了一些反思，产生了较大影响。但毋庸讳言，其侧重于民主与理性的文化批判与"外在扩张"，缺少人性建构与内在超越的缺憾也隐含着自身的危机。而且这时的"新启蒙"远没有像"五四"那样渗透至文学审美潮流之中，形成文化与文学、思想与审美"联手作战"的局面。因此，总起来说，上述几场启蒙运动都是"未完成时"，向外的趋向均大于向内的趋向，社会启蒙的成分大于"人"的自身启蒙的成分，其缺乏信仰纬度的呵护与标高，因此上述"新启蒙"必然会蜕变为"旧"的。

先天不足的启蒙历史，现实存在的合理性假象，既是文化危机的根源之所在，更加剧了当下的文化危机，所以21世纪的中国必须来一场新的启蒙运动。如果说"五四"前后，中国启蒙的艰难更多地来自民众的拒绝启蒙，而拒绝启蒙源自顽固的愚昧，那么当下的拒绝启蒙则更多地来自自以为是的偏见；如果说那时的知识分子所考虑的更多的是如何启蒙，那么今天的知识分子更多的还要重新审视自我启蒙的命题。启蒙的艰巨性尤甚于前。尼采说："世界不是围绕着新闹声之发明者而旋转，它绕着新价值之发明者而旋转；它无声地旋转着。"新世纪新启蒙的意义正在于拒绝随波逐流，再度重估一切价值，重新确立属于新世纪的价值。

不久前,"新启蒙论坛"大戈先生在一次访谈中曾提出这样的问题:游子先生认为,启蒙应该有新的东西存在,应该有"蒙"可启。那么,张光芒教授您的新启蒙"新"在哪里?而"蒙"又在哪里?也就是说,您从哪些方面进行新的启蒙?笔者的回答是:当下的"蒙蔽"遮天盖地,既有来自外在的,也有来自自身的,因此,有"蒙"可启是不成问题的,关键在于"新启蒙"必须要有新的东西存在。我们面对新的环境,置身于新的蒙昧主义的泛滥之中,周围充满了新的愚昧与无知、傲慢与偏见,时代对启蒙的内在要求在刷新和变化,因此必须采取新的启蒙姿态。这种"新"应该体现在三个方面:一是对中国的启蒙历史重新进行反思,厘清其中的问题和经验,对历史的解释要有我们新的眼光、标准和方法;二是对西方的启蒙重新进行反思,西方的后现代、后启蒙对西方启蒙的批判不能成为我们效法的对象,我们必须从中国启蒙的内在需求出发,重新发掘西方启蒙给我们的启示之所在;三是最重要的,在此基础上探讨和建立属于中国21世纪的启蒙理论。一个哲学思维不发达、思想原创性贫乏的民族是没有前途的,是缺少活力的。当下文化现状造成的原因除了人们常谈的表面原因外,一个很根本的根源就是缺乏我们民族的原创理论体系,我们的学术理念之中缺少民族的自信。

在这里,我想有必要再强调一点,那就是我们必须重新确立文学与启蒙的关系。哈贝马斯在谈到公共领域时,曾指出"通过对哲学、文学和艺术的批评领悟,公众也达到了自我启蒙的目的,甚至将自身理解为充满活力的启蒙过程"。的确,对于一个真正的人文知识分子,尤其是作家而言,从事文艺、文学、美的工作，就是从事启蒙的工程，反之亦然。1902年，梁启超创办《新小说》并首倡"欲新一国之民，不可不先新一国之小说"，后来鲁迅定义文艺为国民精神所发的光，同时也是引导国民精神的前途的灯火，并抱着启蒙主义的信念从事创作。这就是堪称一代大师的风范。

20世纪80年代，有个《新启蒙论丛》，在21世纪的今天，我们有了《新启蒙文丛》。如果说它仅仅是幼芽，那么这正是废墟之上破土而出的希望，如果说它仅仅是萤火，那么正是它带来了暗夜沙漠上的星光。

2007.07.11

序王勇著《理性与激情》

十年前与王勇兄初次见面时,有一个最深刻的印象:这是一位性情中人。那是由一位毕业后做教师的作家班同学组织的一次秋游活动,一伙人里面既有师生,又有同事,既有朋友,也有未曾谋面者。王勇兄慷慨地做起了东道主,他性格豪爽而不失谦逊,富有主见而不乏随和,真诚中透露着直率,在一行人中穿插照料,深得众人欣赏。朋友介绍,王勇兄也是南大毕业的,并且就是那位叫海马的诗人,这更拉近了我们的距离。此后,在作协与文联的有些会议中,在相关的学术研讨活动中,我们常有见面相谈的机会,自然而然地成为无话不谈的朋友。

既是诗人,那么他的诗作也便引起了我的注意。不过,他从来没有把作品主动拿给我"品鉴"或者"批评",都是我无意中在《扬子江诗刊》等媒体上读到的,这也足见其不计功利的创作心态和为人的低调。但是从海马诗歌的审美世界中,我还是窥视到了诗人性情的另一面,那就是超常的敏感和敏锐的社会洞察力,以及在理想与现实的碰撞之下所形成的压抑与激情的涤荡。在《飞行的箭》中,我似乎看到诗人正在为命运的无奈而怅然喟叹,这支"被铁匠和木匠一起制造"的飞行之箭"出发或者抵达/这只是某种宿命"。忧伤的表情背后则是一位思索者的身影,它要么抵达,要么坠落,"也许,它们不是每次/都如此幸运/或者不幸",于是抵达正如同坠落。绕口令般的语句蕴含着深微细长的辩证法,让人不得不从抵达与否的问题回到"飞行"本身,人生的意义与无意义由此发生倒转。

如果说海马诗中"飞行的箭"射中的是人生与命运的靶,那么《偶像》则对历史与当下的深层文化结构进行了尖锐的批判和反思。那些"木头、土、石头、玻璃/以及铜"本来不过都是"最基本的材料,或者说元素",它们常常用来制作"平凡、实用甚至非常卑微的物件","可是,这一次/它们被制成了偶像"。尽管"这只是一次偶然/或者说,例外",然而,自然历史的偶然由于文化的强烈介入而导致了人的历史的必然。这不能不引起人们对于现代文化心理的揪心之痛。

面对王勇兄这本沉甸甸的文学评论集,却谈起了他的性情与他的诗,似乎扯远了,其实正是我试图进入作者研究视域的必备功课。正如这本著作的书名——"理性与激情"——所喻示的,文学评论与研究在王勇这里不仅是思想的锻造,更是激情的凝聚,二者须臾不可离。记得徐志摩在一次演讲中曾说过,诗是极高尚极纯粹的东西,不要太容易去作,更不要为发表而作。我们得到一种诗的实质,先要深化在心里,直至忍无可忍,觉得几乎要进出我的心腔的时候,才把它写出。那才能算一首真的诗。由此，在徐志摩看来，真的诗人是天生的而非人为的，所以真的诗人极少极少。而王勇正是那种不为发表而作诗作文章的人，是那种为理性与激情的矛盾所困而不得进出心腔的写作者。

兼诗人与评论家于一身的人并不多见，这往往源于理性强者激情少，而激情盛者理性弱，更何况在当代体制之下，文学创作与文学研究被功利地切割成互相矛盾的两种"职业"。其实我想说的是，王勇不仅是性情中人，更是一个问题中人。

有意思的是，与王勇兄相交甚久，竟然从没有听他谈过自己的诗，可是每当谈起现代文学与当下文化现象，每当提到他思考的问题的时候，他却滔滔不绝起来。而每当剖析到一些恶俗现象的时候，平日里满面笑容如春风的他会突然露出秋风扫落叶一般的眼神，激动之处，大有"悠悠众生，舍我其谁"的慷慨之气。特别是他撰写博士论文的那几年，启蒙与大陆戏剧的关系问题、"世俗化启蒙"的重新定位问题等搅动得他每次见面都要理论一番，不到面红耳赤不罢休。可见，团团困扰的问题是怎样触动了他的激情，激情又是怎样冲击着他的理性。

翻阅品读本书里面的大小文章，不能不说，激情与理性的猛烈激荡，使得作者的言说成为"撄人心"的文字。而《"圣徒道德"与"庶人道德"》《呼唤"不成熟"的中国人》等本身就可视为嬉笑怒骂皆成文章的杂文创作。从本书所论述的对象来看，王勇兄涉猎领域十分广泛，有小说评论、戏剧研究、影视讨论、诗歌论析与文化批评等，但它们莫不贯穿着两个突出的特点：其一是鲜明的问题意识与发现能力；其二是强烈的当代感与批判性。像《媚俗不是最可怕的》就对批评家们的暴力话语进行了独到的反击。在他看来，作为封建主义遗产的"媚上"，与作为资本主义和商业化产物的"媚俗"比起来，后者要更进步一些，也更可爱一些。建议那些"媚俗"的批评家们，千万不要学堂·吉诃德样儿，最好先看清自己的敌人：是风车、羊群，还是魔鬼？精辟而有力的剖析极富警示意义。而"世俗化"启蒙语境等概念的提出以及对于相关文学的梳理，不仅充分体现了才思的敏捷与理论的深刻，更彰显出作者坚定的知识分子立场与人文主义情怀。

　　王勇兄的这部著作就要面世了，在祝贺之余，我还想说，作为朋友，我钦佩他的为人，作为读者，我欣赏他的才情，作为同道，我则羡慕他能够在理性与激情之间确立起真正属于自己的写作姿态。借用本书中一篇文章的题目来说，我不能不"向精神家园的守护者致敬"！

2012 年 12 月 3 日于南京秦淮河畔

序王任编《哭摩》

1931年11月19日,就在异族入侵者的铁蹄在中国土地上践踏横行的时候,又有一双魔掌在空中掠走了一代诗魂徐志摩,时贤惊叹此乃"吾国文坛之极大损失"。在这个国难当头的日子,诗人之死仍然在文学界、文化界乃至社会各界引起了广泛关注和震荡,时至今日仍是一个人们谈论不休的话题,足见其人影响之巨、其诗魅力之大。在徐志摩遇难80周年到来之际,王任君把自己多年以来围绕志摩遇难之谜搜罗、整理和亲自考证的文章汇编成一本文献集,以期"还原历史现场,历览众说纷纭;穿越八十春秋,追忆一代诗魂"。这一工作的意义是不容低估的。

突遭奇祸,英年早去,令人扼腕,这固然是志摩之死引起热议的原因,但偶然性中还蕴含着更为深刻的必然性和令人深思的文化逻辑。

首先,徐志摩是后"五四"时代之"五四"文化精神的内在传承者,而他承续的内在脉络便是胡适概括的"爱与美与自由"的精神。志摩进入国内诗坛并进入创作高峰的时期，正是"五四"落潮，文坛主流向"左"转向的时期。这时期，"五四"新文化运动和文学革命期间倡导的"伦理之觉悟"的道德意识、自由平等的个体解放精神日渐式微，更多地转为阶级意识的觉醒和向外扩张的现实主义精神。志摩虽然没有直接参加"五四"新文化运动，却在内在精神上感应着前者，自觉地以自身的创作践履着前者。

茅盾曾评价志摩是"中国布尔乔亚（资产阶级）'开山'的诗人，同时又是'末代'的诗人"，历来的文学史叙述者也常常以此权威论断言其"自身的缺陷和软弱性"。我们姑且不论这种带有阶级性的判断方式具有多大程度的合理性，单单就"布尔乔亚诗人"这一说法而言，反而恰恰证明了志摩文学与"五四"精神的内在契合，因为"五四"新文化运动正是以西方资产阶级上升期倡导的"民主与科学""自由与平等"等理论武器为指导思想的，而这些思想武器在本质上体现的是人类的"普世价值"和现代性要求。诚然，徐志摩的创作期正处于半封建半殖民地时期，这个时期，仇恨大于爱，丑恶甚于美，镣铐多于自由，因此，抗争、战斗、流血似乎重于爱与美与自由，纵有"风情万种无地着"。然而，如果没有了"爱与美与自由"的呼喊与讴歌，流血和牺牲的动力何来，意义何在呢？

其次，徐志摩是少有的自觉地追求高度的"人文合一"的现代作家。论现代诗之美，恐无人出其右；论志摩其人，朋友们则无不为其性情之真为人之"暖"所折服。但对志摩来说，就诗论诗，或就人论人，均不能成其"诗魂"之全貌，不能构成"这一个"的真实内涵。真正重要的是,志摩诗如其人,人如其诗,或者说,诗就是人,人就是诗,他的存在就是诗与人的合一。

挚友胡适所言"他的一生的历史,只是他追求这个单纯信仰的实现的历史",这里,"单纯信仰"不应该被理解为他的信仰是单纯的或者简单的,"爱与美与自由"的内涵从来都是充满了丰富的人类理想和价值底蕴的,"单纯"的真正含义在于丰厚而执着,在于他的人生观就是他的艺术观,他的生活史就是他的创作史,诗与人因其信仰和信仰的同一而融为一体。与志摩惺惺相惜的沈从文就有一篇题为《美与爱》的文章,作者忧心忡忡地说道,我们实需要一种美和爱的新的宗教,来煽起更年轻一辈做人的热诚,激发其生命的抽象搜寻,对人类明日未来向上合理的一切设计,都能产生一种崇高庄严的感情,如此,"国家民族的重造问题"方不至于成为空话。志摩就是这样把爱与美的自由精神视为信仰并上升为宗教的。从这个意义上说,志摩的创作与志摩其人都应该被视为现代文学史上的审美存在。显然,这样的存在方式是少见的,因之也成为弥足珍贵的文学史资源。

如此可见,志摩之死仅仅是引起热议的引线,因为志摩的存在本身就是一个谜,就充满了令人探寻的魅力。"轻轻的我走了,正如我轻轻的来。我轻轻的招手,作别西天的云彩。""单纯信仰"自有其厚重的骨骼,轻轻的作别,剪不断浓浓的牵挂。本书的编者王任就是这样一个精神的渴慕者和牵挂人。

在我的印象中,早在读大学本科的时候,王任就表现出对于现代作家超常的精神共振和人文仰慕,以及他那个年龄段的学子罕见的"考据癖"。那时候,他就常常就那个作家全集中的文章版本问题、字词上的错讹等找老师讨论,哪怕微小到一个标点符号的疑问,他也会不辞劳苦、不计代价地去求证解疑。记得有一年,他到南京来看我,几年没见,寒暄几句本是人之常情,但他一见面的第一句话就是兴奋地讲述他发现了沈从文的哪几封书信原件,他在徐志摩遇难地实地调查时怎样发现了新的证据,云云。偶尔与我打电话也是这些单纯到不能再单纯的话题。每当这时,我就想起胡适评价徐志摩用的"单纯信仰"四个字来,这话用在王任身上,岂非也正恰当。

单纯信仰的共鸣,再加上有感于徐志摩遇难地的各种说法莫衷一是、以讹传讹,促使王任费时数载,查阅、比照了数十种文献和传记资料,并多次实地踏访"开山""白马山",终于揭开了历史的真相。历史是由细节汇成的,剥开文学史的真相也离不开点点滴滴的细节的还原。这种还原,不仅是对历史负责,也是对现代人文精神的呵护。

序张文诺著《文学大众化与解放区小说研究》

人与人之间的缘分有时候就是那么奇妙。我与张文诺之间虽然没有建立过直接的学术血缘关系，却保持着长久而紧密的学术联系；虽然没有过共处一地的学习与生活经历，彼此之间却产生了非常真诚的情谊。或许是性情相投使然，或许是学术志趣相近促成，总之在我心里，文诺早已是我契阔谈宴相交甚笃的年轻朋友与同道中人。因此，当文诺嘱我写点序文时，我只能欣然受命，权作学术友谊的一次纪念。

说起来，我与文诺只在八九年前见过两次面，一次是他以研究生的身份来南京访学，一次是他赴宁考试。此后，主要是邮件、电话和短信的交流。初次见面时，文诺好学如饥求知若渴的神情，对学术研究的虔诚姿态，谦逊厚道大智若愚的君子之风，都给我留下了深刻的印象。文诺是山东人，外貌却难觅北方大汉的粗犷，更多的倒是"北人南相"，几分文弱而思虑周全，持重大器而不失机敏灵活。后来，无论是入学攻博还是毕业工作，无论是确立选题还是学有所得，他都第一时间联系我。记不清有过多少次的讨论，而我也从来不用讲客气，有建议就直言更无须担心不虞之隙。因此，从文诺踏上研究之途到现在成为一位成果颇丰的年轻学者，其间付出了多少心血和汗水，经历了多少艰辛的磨炼，我都有所感受。

当我读到文诺这部厚重的著作时，我再一次想到了"文如其人，人如其文"八个字。与其性格相似，文诺无意于追求那种"语不惊人死不休"的表面气势，却铆足干劲通往"于无声处听惊雷"的坚韧底气。"文学大众化与解放区小说研究"这类选题在文诺这个年龄段及更年轻的研究者中，是越来越受冷落的一个领域。之所以出现这样的现象，是因为不少研究者对于那一时期的"文学大众化"的理论价值与解放区小说的文学价值的判断倾向于贬低乃至否定，进而也大大低估了对这一领域的研究价值。其实，对于研究者以及学术史而言，这是一种不正常的现象。研究对象自身的价值是一回事，对于研究对象的研究价值是另一回事。前者着重于文学自身的意义，后者看重的是其文学史意义，前者的价值之大小并不与后者的价值之大小有直接的关系。研究价值主要来自如何从历史的眼光审视文学现象，进而论析其文学史价值及史学意义。这也就是说，相当一段时期以来，伴随着人们对于现代性思潮、后现代思潮、纯文学思潮、自由主义思潮、现代派文学等的推崇，研究界在文艺大众化、解放区创作等领域的研究基本陷入裹足不前的境地。正如同对于作家创作来说，重要的不是"写什么"而是"怎么写"一样，对于学者研究来说，最重要的也不在于"研究什么"而在于"怎么研究"。说实话，最初得知张文诺要选取这一主攻方向时，我并不是很看好，待到他发表出一篇篇扎实的创新成果后，我知道我的担心是多余的，也知道了我的担心源于我的偏见。文诺用自己的成果证明了，在他逆势而动的背后早已有了充分的打攻坚战的心理准备，也有着充分的学术自信与理论自觉。

一个研究者确立一个什么样的选题来攻关，除了别无选择的项目课题外，往往不外乎两种情况。第一种情况就是根据自己的阅读兴趣来选取。比如特别喜欢鲁迅的杂文，那么就以其为研究对象。在研究生考试面试或者与学生谈选题的时候，老师们往往习惯先问对方"你喜欢哪个作家？""你感兴趣的作品有哪些？"之类的问题，选题者也往往根据自己感兴趣的作家作品来谈自己的研究设想。我们不难发现，这些阅读兴趣与研究兴趣常常集中于张爱玲、沈从文、汪曾祺等作家那里。于是我们也看到，这些年来，研究力量在中国现当代文学史的诸多领域中分布严重不均，人为的厚此薄彼的现象极为明显。应该说，这是人们无意识之中混淆了研究对象自身的审美价值与研究对象之学术史价值而带来的结果。比如，两位学者分别研究鲁迅和一个三流作家，我们显然不能因为鲁迅的文学价值远远地高于那个三流作家，就想当然地判定前者的研究价值就必然大于后者。从学术史的角度来说，二者的研究价值与研究对象自身的价值地位根本不能画等号，研究价值之大小完全取决于研究成果怎样创新性地解决了学术史问题。第二种情况则是根据自己的问题意识来选取主攻课题。这时候，研究对象的审美价值、文学意义有多大并不是重要的，研究者是否对研究对象有着浓厚的阅读兴趣亦非考虑的重点，即使研究者在情感上对于研究对象有某种程度的排斥，甚至有某些阅读上的心理障碍，也不成为问题。真正重要的是研究主体是否从历史的动态联系中发现了潜隐于研究对象身上的学术史价值，从而产生了浓厚的思想冲动和探索欲望。相对而言，这第二种情况远较第一种情况少见。这里之所以说这么多，是因为我从张文诺集多年之功完成的这部著作的字里行间深深地感受到了这样一种浓厚的学术史眼光和问题意识。

梁启超在其著名的《中国近三百年学术史》中曾经提出，要著学术史必须具备四个必要的条件，其中有两个条件都与此有关，其一便是强调叙一个时代的学术，须把那时代重要各学派全数网罗，"不可以爱憎为去取"；其二则强调"要忠实传写各家真相，勿以主观上下其手"。这两个方面都指向了学术研究的学理化、理性化及历史感之至关重要的必要性，这在文学史研究中尤需如此。文艺大众化与解放区小说创作作为独特的社会背景下的复杂文学史现象，其价值一度被夸大甚至独尊，后又被一些研究者简单地加以否定，这都不是真正的学术史研究应持的态度。最初，我对文诺选题的担心也源于此。如果不能充分地警惕主观之好恶对于文学价值与学术史价值的混淆，便很容易走上或全盘肯定或全盘否定的倾向。简单的肯定自然会流露出研究主体之现代价值观的缺陷，而简单的否定也必然会造成文学史研究在学理层面上的缺失。令人欣慰的是张文诺在切入这一研究领域时，自觉地确立了一种可贵的"历史的""美学的""理性的"三者相结合的学术姿态。

该著的可贵之处首先体现在对于历史真相与美学评判相统一、历史意识与美学批评相结合的学术追求。在张文诺看来，近年来有关该领域的研究中，论者往往着重分析解放区小说与文学大众化思潮中的政治因素，挖掘文本中主流言说与作家自我言说的矛盾、主流话语对个体话语的规约，从而出现了简单化、政治化的倾向，不能给予其客观的评价；更重要的是，许多成果没有从总体上把文学大众化思潮与解放区小说创作结合起来研究，没有全面研究文学大众化对解放区小说创作的影响。针对现有研究存在的这些问题，他拒绝简单的政治化评判，在知识考古学的视野下，将晚清视为20世纪40年代文学大众化思潮的肇始源头，并将其与"五四"时期的平民文学思潮、30年代的文艺大众化思潮的历史联系与内在机制进行了符合客观逻辑的剖析。在此基础之上，他一方面着重梳理论述了文学大众化思潮对解放区作家在创作理念、审美情趣、艺术手法、写作状态诸层面的历史影响；另一方面又从美学的层面考察了解放区作家在小说题材、结构形式、地域化风格等方面的创作实践所体现出的大众化倾向，以及这种倾向所包含的审美主体意识。在文诺的笔下，这两个方面涵盖了解放区小说创作的外部因素和内部因素，构成了历史的与逻辑的互动关系。

该著的可贵之处还体现在追求历史理性与价值理性相统一的学术自觉意识。如前所述，张文诺在面对解放区小说创作文本时有意识地拒绝个人"好恶"和"爱憎"的掺杂，不对其进行孤立的价值评判。在他的视野之下，文学现象只有置于复杂而有机的历史联系与逻辑线索之中，才能被赋予应有的学术史价值。在文学大众化与解放区创作这一研究领域，毛泽东的"讲话"自然是不可绕过的至关重要的文学史事件。对"讲话"前与"讲话"后的历史联系的阐述必然成为研究者学术功底之深浅与学理之深刻与否的重要环节。该著有意识地专设一章论述"讲话"前的解放区小说创作。在这一章的论述中，我们发现研究界不时出现的庸俗历史主义或者机械进化论的思维定式被打破，取而代之的是历史理性与价值理性合一化的强烈介入。

比如，该著中提到"讲话"前周而复创作的小说《被炸毁的街市》塑造了为了营救别人而牺牲自己的战士徐国斌这一英雄形象。作品生动地表现了日军的凶残、群众的麻痹与徐国斌的英勇，但小说结尾通过英雄结局的凄凉渲染了一种浓郁的感伤情绪。通过对大量类似文本的细读，著者指出："这些小说给人以强烈的视觉冲击和感情冲击，打破了长期以来被历史理性梳理过的浪漫光环，展现了无序、混沌的战争真相。此后的战争小说的情感基调是豪迈乐观驱走了感伤哀痛，造成了情感基调的单一化和简单化，让人遗憾。"进言之，"讲话"发表以后，抗日题材小说"向纯之又纯、高大完美的方向发展"的同时，"却失去了其发生阶段的泼辣、粗犷而又真实、丰富的特色"。这一论断无疑是非常独到有力的学术见解。再如该著从地域文化表现，特别是乡村空间意义的角度剖析解放区小说的独特价值，也表现出历史感与价值理性的统一品格。

这些可贵的努力使得张文诺不仅将文学大众化与解放区小说创作这一研究领域推到了一个崭新的学术高度，也在研究方法与学理层面上显示出"70后"一代学人超越性的学术实力。

序邓瑗著《晚清至"五四"文学批评的人性话语研究（1897—1927）》

一

刚刚毕业年余，邓瑗的博士论文便入选"江海文库"，即将付梓问世。她嘱我写个序。在为她高兴之余，也感慨于她入读南京大学十年之久的艰辛与甘苦。从邓瑗读本科时的中国现代文学课程开始，我就给她上课，此后先后指导了她的学士论文、硕士论文和博士论文。像邓瑗这样在南大文学院连续读完本、硕、博的学子，大家在私下里常称其为"大满贯"，或戏称其为"学霸"。此说法可以说既有对其学术训练之系统扎实的肯定和研究能力之精湛强大的期许，也流露出对其学业圆满人生顺利的羡慕之情。然而，在科研创新上从来就没有平坦的大道可走。邓瑗在这一求学攻读的上升之途中，经历过的磨砺不在少数：主攻方向选择上的犹豫和彷徨，选题被否定后的气馁和挫折，寻找突破口而不得的压抑和痛苦,在浮躁的风气下坚持信仰的意志磨炼,等等。她的这些经历比很多同学都要多。只是在她看来这些磨难不足为外人道,她能做到的就是暗中砥砺,简化生活,夯实底气,负重前行,颇有"为伊消得人憔悴"的执着信念。大家看到的总是她平静的外表和坚毅的姿态,大概想不到她一度为解决博士论文写作中比较重要的人性理论问题而微恙不断。担心她真的会积郁成疾,我只好同意她回家乡休养了一小段时间。师生们的期望值,她的自我期许和追求,这些既是重要的动力,也是不小的压力。

在向别人介绍我这位学生的时候,我一般首先用两个词如实概括她最大的特点:厚道、认真。前者指做人,后者指做事。有人说精明的最高境界是厚道,是大智若愚,但邓瑗绝非如此,她是真厚道,出自朴拙和天性。比如她遇到事从不会把简单的关系复杂化,不知"利益的最大化"为何物。《围城》中说"真聪明的女人决不用功要做成才女,她只巧妙的偷懒",但她即使做有些无关紧要的小事情的时候也认真无比,从不会"巧妙的偷懒",甚至缺乏灵活性。再比如,她找工作的时候,有好几个单位愿意接收,但她不知判断和选择的标准在哪里,宁愿被选择和被决定。可以说,她与那些"精致的利己主义者"简直就不是地球上的同一类物种。

也许在有人看来,厚道和认真在精致和讨巧流行的今天已经与愚笨无异。但对于以学术研究为信仰的学者而言,这远离奢华和修饰的两个词永远是最可贵的品质。老子曰:"大丈夫处其厚,不处其薄;居其实,不居其华。"从这个意义上说,守淳厚之道不仅可贵，而且是现代学者应有的高贵精神之所在。厚道是内在的主体精神，如果把厚道理解为木讷和不善言辞，那其实是流于表象的误解。相反，邓瑗虽然平时言语不多，但一旦进入学术发言的语境便显示出滔滔不绝、伶牙俐齿的一面；邓瑗的文章虽然不尚修饰，但于厚重密实的逻辑链条中，难掩视野开阔、思维敏捷的十足灵气。唯其厚道与认真，邓瑗做研究坐得住，对学术爱得专，对问题钻得深。唯其厚道与认真，邓瑗方有大舍和大得。

二

在博士生的培养上，学校历来提倡导师以带学生做项目的方式培养高质量人才。邓瑗读博的时候，恰好我申请立项了教育部人文社会科学重点研究基地重大课题"人性话语与二十世纪中国"。这时候，邓瑗在学术研究上已经表现出了较高的理论水平和较强的理性思辨能力。几番讨论之后，结合课题研究将"晚清至'五四'文学批评的人性话语"确定为她的博士论文选题。

"人性话语与二十世纪中国"这一课题总的思路是拟从人性话语的建构及流变的角度切入20世纪中国文学的研究，展现百年来文学的人性话语与主流话语之间或迎合或抗拒的复杂关系，透视其人性内涵的演进轨迹与动态过程，从而揭示文学史发展某些本质性的规律，同时也为重写"20世纪文学史"提供有益的尝试。该课题所谓"人性话语"有别于泛泛使用的"人性"概念，它不是一个实体性的概念，而首先是一个关系性的概念和命题；它也不仅仅是一种思想和静止的结构，而是一种动态的话语实践。这一概念借鉴了福柯的话语理论，同时融入了我们自己的理解，指涉的是包含着人性诉求的区别于政治性宏大叙事、面向"人"本身的、既遵循语言的社会规范又有言语的个体性的表达系统。在研究方法上，该研究注重追踪人性话语与文学叙事之间的双向互动关系。在对关乎人性话语的文献史料进行较详尽的历史梳理的前提下，一方面挖掘人们的人性观念的改变对于文学史发展轨迹的影响和潜在的推动作用；另一方面则极力透视不同时期的丰富的文学创作，怎样主动地参与了人们关于人性内涵的重构、人性结构的调整和人性理想的追寻。这一切无疑有助于揭示文学现象背后的内在深度模式。而20世纪中国文学的发轫期，即晚清至"五四"时期文学批评的人性话语研究在整个课题中无疑具有举足轻重的作用。

邓瑗博士论文之所以确定这一选题，还有另一个重要的前提，那就是经过硕士阶段的攻读，她对晚清至"五四"时期的文学史料、理论文献等有较为丰富的积累和较长期的浸淫，特别是在有关这一时期"人性话语"嬗变的理解上，有自己独特的感悟和个性化的观点。

她的硕士学位论文题为《论20世纪初（1900—1917）中国小说的情感书写》。在她看来，20世纪初的中国处于一个情感充沛的文学时代。在梁启超举起"小说界革命"的旗帜，提倡政治小说、历史小说、社会小说的同时，一种书写情感的倾向也在逐渐兴起。从符霖、吴趼人，到徐枕亚、吴双热、李定夷，写情小说的创作由点的观照发展为面的阵势，作家们对情感本质的探问与为"情"正名的倾向也使这些作品总是归结为对情感的认同或感慨。邓瑗敏锐地发现和概括了20世纪初的情感书写的两大类型。其一以吴趼人、林纾的小说为代表，他们倡导的夫妇之情与姊弟之情，将情感对象定位为一种身份与角色；其二以徐枕亚、李定夷、周瘦鹃等作家为代表，在他们笔下，情感对象脱离了脸谱化的形象与程式化的行为规范，以个体的身份参与情感关系。这两种类型的嬗变与更替，初步显示出人性话语的现代性思潮在"五四"以前若隐若现的演绎轨迹。"情感书写"这一颇具新意的视角，克服了相关研究成果较多地从社会学角度或较为单一的"言情"角度考察这一时期小说创作的缺陷，着力从情感书写的人性意味和文化内涵等层面切入研究对象。论文对清末民初小说所表现出的情感体验、情感反应方式与表达方式、情感的文化内涵与哲学意蕴等方面进行了层层深入的剖析，深层次地和动态地挖掘了清末民初作家主体心理的深微复杂结构及其话语流变轨迹。可以说，该论文显示出的研究视野的开阔程度和理论创新的可贵努力，都为博士论文的写作奠定了坚实的基础。

不过，邓瑗博士论文选题只是与她此前的工作相关而已，真正深入的研究还要重新开始。胡适说："有一分证据，只可说一分话。有七分证据，只可说七分话，不可说八分话，更不可说十分话。"邓瑗乐于也是立志要恪守胡适关于历史研究的训诫的。博士论文选题一俟确定，她首先做的工作便是埋头查阅这一时期的原始报刊，通读这一时期文论家相关的文献资料。凡是出版过全集的文献资料，她都将全集搜罗齐全。像《梁启超全集》《康有为全集》《吴趼人全集》《谭嗣同全集》《章太炎全集》《苏曼殊全集》等,她都是要通读的。哪怕只能从十分文献中寻找到一分证据,她也乐此不疲。可想而知,这一工作量是十分巨大的,占用了她一年多的时间。也因此,她的选题虽然确定得很早,但直到毕业那年的8月份才正式提交答辩。

既有"有几分证据说几分话"的艰辛,又有"几分耕耘几分收获"的喜悦。邓瑗的博士论文得到了答辩委员会的充分肯定,不妨将"答辩决议"抄录如下:

> 邓瑗同学的博士学位论文《晚清至"五四"文学批评的人性话语研究》着力于对晚清至"五四"前后三十年的人性话语与文学批评的关联进行界定和梳理,借此追溯了人性话语进入文学领域的过程,并在一定程度上分析人性话语发展演变的内在逻辑,选题角度较为新颖。
>
> 论文以"人性话语"为核心线索,精心使用了大量的文献史料,就人性话语与二十世纪中国文学之间的关系作出了有见地的思考,力图站在本土立场上探清"人性话语"现代转型的过程及性质,修正了以往将"人性话语"视为西方现代思潮的中国演绎的成见,显现了作者宽阔的学术视野和扎实的学术功底。论文论述流畅,层次分明,史料翔实,结构合理,符合学术规范,达到了博士学位的学术水平,是一篇优秀的博士学位论文。
>
> 在答辩过程中,作者思路清晰,圆满回答了答辩

委员会所提问题，答辩委员会通过讨论与投票，一致同意答辩通过，并建议授予博士学位。

各位论文评阅人的评审意见，包括我本人的导师推荐意见等，分别从不同的方面高度肯定了该论文的思想理路、逻辑结构、学术价值等，详情恕不赘述。

三

现在读者手上的这部书就是邓瑗在博士学位论文基础上加以完善的，特别是针对评审专家与答辩专家的批评意见进行了一定程度的修改。正如读者将要看到的，该书以晚清至"五四"时期文学批评中的人性话语为研究对象，但这一对象不是静态的实体，而呈现为动态的过程。作者借以追溯的是20世纪中国文学史上以"人性"为批评话语的现象是如何形成的。作者将该时段内人性话语的动态演变过程描述为四个阶段的彼此嬗递。晚清时期，进化论的人性话语和传统的人性论、佛教、三世说等混合在一起，形成了一个不伦不类的杂交品种。这时期的人性言说更多地集中在人的社会性、群体性的维度上，对人的内在生活关注较少，因此，当民初作家转向个人情感的书写时，一时难以找到更有效的言说方式，只能在一定程度上回归传统，在性情论的构架下言说人性。这可称为民初文学人性话语的回溯现象。到"五四"时期，周作人"人的文学"奠定了20世纪文学批评中人性话语的基本范式。它在20年代形成了以文学研究会和创造社为代表的两种发展模式，它们共同的取向是越来越强化人性话语中人类一极的重要性。从"五四"后期开始，人性话语在人的"阶级性"以及"普遍固定之人性"等多方势力的复杂博弈中，走向分化和新的转型。应该说，在作者笔下，历史的客观面相与观念史的内在逻辑之间取得了颇具深度的契合。

该书的突出特色首先体现在，不仅为晚清至"五四"人性话语的演变勾勒出一个清晰而微妙的内在脉络，而且将新文学的发生源头往历史的纵深处追溯和挖掘。较之于对"五四"新文学及其后人性话语的关注，现有研究对清末民初人性话语的探讨较为少见，系统性的成果尚属空白。如果说"没有晚清，何来五四"的命题主要是从文学主题的角度道出了一个历史的真相，那么追溯至晚清的人性话语嬗变将意味着对更为丰富深刻的历史逻辑的揭示。作为承前启后的阶段，晚清时期的人性讨论既留有传统话语的遗迹，又萌生了进化论等新理论的雏形，其复杂多元性，耐人寻味。就此而言，该选题是具有较大的学术价值的，也向研究者提出了较高的要求。

其次，作者不仅保持了较为清醒的理性意识，努力确立客观中立的价值立场，以期呈现出人性话语的复杂性和多面性，而且更锐意于方法的更新和"话语思维"的贯注，从而达到对于研究对象之深度存在的把握。具体说来，该书以"话语"概念中固有的"言说"含义统摄讨论，着力还原"人性"从词语到概念在政治、文化经验积累中获得的外延。这一方面抛开了对人性的本质主义理解，避免以作者的主观认识遮蔽历史线索中话语的丰富指向；另一方面搁置了"主义""思潮"等已有研究路径的预设前提，不再将西方人道主义的引进视作中国文学批评中人性话语的唯一资源，而是站在本土立场上结合先秦以来中国思想史、文学史中关于人性的讨论，在中西合璧的视野下考察人性话语的理论资源及对其发展的滋养。这一研究呈现出了现代因素背后传统遗留的积威、在新旧交替的时代里思想的交错和驳杂，这些都是以往讨论现代"人性"观念的生成时容易忽略的问题。

特别需要指出的是，该书的动态研究和话语思维意味着它所关注的焦点不在于各主要文学家、思想家人性话语的内部讨论，而在于这些个体的论述在宏观的发展脉络上占有怎样的位置，它们分别对人性话语的演进发挥了什么作用。因此，读者将看到，在本书中对个别对象的集中研究比较少见，作者的论述逻辑不在于完全以时间线索罗列研究对象的思想或观点，而在于从中归纳出的几种基本人性话语范型——它们的生成、演化与变异。书中对于"性情论""人的文学""人性与阶级性"等几种范式的确认，对于它们的演变进程的剖析，使具体历史语境中碎片化的论述得以整合成较严密的宏观体系，表现出较强的逻辑力度。

当然，体系化的努力也会导致一些问题，比如：建构起来的论述体系又固化了原始样态的"话语"；建构出来的人性话语演变逻辑让人读来未免会显得"过于清晰"，在一定程度上似乎过滤了历史言说的复杂性、多样性以及某些矛盾和悖论的存在。这不能不说是作者的刻意追求衍生出来的遗憾。

总的说来，人性话语与百年中国文学的研究是一个富有生长性的话题。它的最终指向不只是历史线索的梳理，更有对作为批评话语的"人性"在当下研究中有效价值的重新审视，一种放置在学术史视野下的深度拷问。对此，本书涉及得还比较少，只在结论部分通过分析人性话语与文学批评的互动，一定程度上阐发了"人性"作为批评话语的意义。从这个角度看，本书的研究才刚刚起步，作者尚有很长的路要走。

序陈进武著《新世纪文学的文化镜像》

青年批评家陈进武副教授关于新世纪文学的研究专著《新世纪文学的文化镜像》即将付梓出版，他嘱我写个序。在为他高兴之余，回想起他奋斗前行的足迹确有诸多感慨。

进武是我 2011 年招收的博士生，在导师面试以前既没见过面，也从未有过联系。因此，面试时对他的第一印象特别深刻。他神情特别专注而内敛，虽稍许紧张拘谨，但不失内在的从容大方，带有一种笃定于学术之路的学子所特有的气质。再就是进武对问题的回答非常清晰到位，既能够迅速调动平时积累丰厚的基础知识阐明自己的观点，又能够针对问题形成不同层面的分析路径。我一直认为，看一个人在学术上是否有大的学术潜力，特别关键的一个前提就是思维清晰和思路完整。即使是某两个人在日常生活中聊天，如果其中一方对谈论的话题常常是顾左右而言他，或者不时打断问题的思路，或者问题不断旁逸斜出，那么对于另一方来说也难以形成真正意义上的交流。往往把开始想谈论的话题都忘掉了，或者到最后都不知谈的是什么。在平时，这样的表达习惯和交流方式也许只能说是显示了一个人的性格，但若将这种思维方式习惯性地带入研究性的讨论和交流中，那就很难使学术探讨深入下去，久而久之便会严重影响一个人学术水平的提升。进武的专注，特别敏锐的逻辑感觉，异常清晰的思维方式，以及追根刨底的劲头让我看到了一种无形的底气和发展的潜力。

当时，尽管我相信进武的学术潜力，但我没料到他勤奋和努力的程度更是让人无可挑剔。在我的印象中，他读博三年期间，我任何时候找他，他都会从校内某处的书堆中迅速来到办公室，无一例外。他真的是始终处于人们常说的那种"要么在图书馆，要么在去图书馆的路上"的状态之中。听同学们说校图书馆内有一个他的"专座"，因为他去得最早，走得最晚，没人抢，也没人抢得去。

那时，尽管我看到了进武勤奋的程度，但我没料到他"孺子可教"的程度也如此之高。为了让他有效提高写作水平和科研能力，我常常按我的标准要求他改文章。有时候，晚上提出修改的要求，第二天早晨就会收到他的修改稿。第二天看一看修改的工作量，就知道那是通宵达旦的工夫。有时候，一稿不行，要二稿；二稿不行，要三稿、四稿，甚至五稿、六稿，进武总是按我的"苛刻"要求不打折扣地去改、改、改。做研究的人都知道，修改论文比写论文还让人头疼。有的学者写论文基本上是一稿成。但对处在从学术入门到学术提高过程中的青年学者来说，有时候，修改论文比写第一稿论文还重要。严格说来，待修改的论文还不是论文，只有最终修改好了，才算得上是论文。能否不厌其烦地一遍遍修改论文，这实际上也是一个人是否有勇气不断改变自己的表现，这直接关系着一个人能够为自己预留多大的学术提升空间。得益于进武这种"扛得住"的态度，他的学术研究能够较早地打开了不断上升的通道，总是有更高的学术境界在等着他。

超常的努力与刻苦的钻研，使进武在读博时便初露锋芒，不时有报刊向他约稿，大小文章频频发表。毕业工作后，尽管进武像许多青年学者那样承担了教学与科研上满负荷的工作量，但他依然保持着读书时畅游书海、时不我待的勤奋状态，保持着汲取知识、探索理论的敏锐感觉。他的许多成果和观点也越来越引起同行们的关注，尤其他深度介入当下文学的理性姿态，积极拓展研究边界的开阔视野，在文本细读间游刃有余的细腻风格，给人印象深刻。一个思想活跃、个性鲜明的青年批评家的身影已经清晰地活跃在文坛上。

《新世纪文学的文化镜像》一书便是陈进武这一形象的一次较为集中的自我呈现。新世纪文学是对21世纪的现代社会与当下生活的审美观照。自2005年研究界将"新世纪文学"作为一个完整而相对独立的概念提出，人们对于新世纪文学的讨论与研究已经成为新的学术增长点。然而，新世纪文学的内容丰富复杂、版图盛大多元，且处于不断流动和增量之中。恰是如此，我们很有必要在新世纪文学走过近二十年发展历程之际，重新梳理和审视其价值与意义。《新世纪文学的文化镜像》以文本细读的方法力图建构一种具有现实针对性和当下穿透力的批评话语系统，用以理解和阐释当下文学，从而行之有效地把握新世纪文学的发展方向。在此，书名中的"文化镜像"之说自具独到的深意。文学现象与文化现实之间越来越融为一体，文化研究与文学研究在今天更是成为纠缠不清的学术事实，作者既要敏锐地把握这样一个作为研究对象的"文化镜像"，也要建立起属于视界创新的自成一体的"文化镜像"。此其意，不在小乎。

该著作充满了丰富的文本细读，但无意于为文本而文本，更不是为文学而文学，而是将文本细读作为言说的前提和建构的基础，进而对新世纪以来的典型作家、代表作品、文学观念、文学现象等等，进行动态的整合和综合性的考察。这使得该书既蕴含了深刻的学术史建构意识，又表现出引人深思的重写文学史的意义。

一方面，着重在理论层面和文化层面阐述了新世纪文学研究范式的新变，以及审美文化发展的趋向。在研究范式建构上，该著作首次系统提出并阐释了"审恶"的研究范式，并阐述了从"审丑"到"审恶"嬗变的学术史价值。所谓"审恶"是审美的表现形式，是以审视"恶"的方式揭示社会历史进程中"美是怎样被毁"的问题，具有深刻性与损害性并存的双重特性。在文化考察上，该著作对当下审美文化、青春文化、怀旧文化、启蒙文化等作了系统考察。比如，在对当下文艺和社会生活关系的反思中，作者指出，社会生活的表象化、经验化与形式化已然成为当下文艺主导性的写作情态，并从审美形态、审美标准等方面揭示了当下文艺创作的审美走向与路径。

另一方面，在宏观与微观相结合的层面上揭示了新世纪文学尤其是小说的发展与演变轨迹。在宏观层面，既全面系统考察了中国当代文学 70 年代的发展历程与写作特质，又着重对新世纪以来的小说创作作了整体扫描与多维探索。历史反思、现实观照、城乡开掘、底层关怀、人性立场、心灵勘探等等，是论著中频繁出现的关键词。这在一定程度上显示了作者的批评立场和价值指向。需要指出的是，该著作对"70 后"作家和"80 后"作家的小说创作情况作了细致探究，表明了作者对青年作家群体创作的深切关注与稔熟。在微观层面，该著作选取了通过代表作家观察和典型文本解读的方式来考察新世纪文学的特质。在代表作家选取上，主要有诺奖作家莫言、老作家宗璞、南京作家修白、草根作家谢端平、学者型作家吴昕孺、杂文家魏剑美等。在典型作品解读上，主要有李佩甫、尤凤伟、周大新、陶少鸿、王松、田耳、朱斌峰、安琪、何永飞等作家代表性的小说、诗歌和杂文作品。其中，既有人们比较熟知的文本，它们在作者的精辟阐述中，被赋予了新的文化视角与意蕴；也有并不广为人知的作家作品，它们所构成的"文化镜像"价值同样值得研究界重视。

在研究方法上，该著作以文本细读作为批评方法，从理论与实践相结合、宏观与微观相兼顾、整体与个案相融合的角度，细致考察了新世纪文学的新变、成果与特质等，揭示了新世纪文学的蓬勃发展和创作风貌。在批评方法的运用上，该著作确立了问题意识、历史现场、人性立场、精神特质等方面的批评实践与路径。在对《东藏记》的重审中，作者指出，宗璞力图塑造有中国力量的脊梁式现代知识分子，以重塑当下知识分子的崇高品格。但这种"选择"却显现出宗璞是有"洁癖"的，这样数十年如一日写知识分子恰是另一意义上的精神"洁癖"。作者还观察到,"恶"是当前小说创作的普遍现象,而不同作家乃至同一作家所叙述的"恶"也存在写作意识上的自觉不自觉,揭示程度的深浅不一。在莫言等作家的写"恶"中,可以察觉到从"审丑"到"嗜恶"的嬗变过程之中呈现出价值混乱的发展趋势,甚至开始出现了值得警惕的无价值甚至反价值倾向。这些结论值得人们正视和反思,从中也足见作者的理性勇气和学术胆识。

总体来看,该著作对新世纪文学的理论建构,对于审美文化及叙事伦理变革的梳理,对于文化观念与文学观念嬗变的考察,对于文学多元化想象的评判等,都具有较强的理论前瞻性。当然,无论是新世纪的文学创作,还是新世纪追踪性的文学批评和研究,尽管已经走过了二十年的历程,但毕竟尚处于"现在进行时"的状态之中。对于有些作家作品的"经典化"处理也许为时尚早,对于有些文学现象的概括性结论尚需接受进一步的检验。从这个意义上说,其理论的前瞻性与探索性,其阐释的开放性与未知性,其观点的挂一与漏万,将如硬币的正反两面一样,无可回避。要完善对于新世纪文学的文化镜像的考察,不仅需要专家与读者不吝批评和指正,更需要进武君继续发扬勤奋刻苦的学习姿态,警惕自我固化,不惮于前驱,亦不惮于自我否定。

是为序。

序廖峻澜著《城市的心灵——心理咨询师札记》

一

自 2020 年 1 月下旬至今已近两个月了,新型冠状病毒从肆虐全国到蔓延全球,全民隔离、居家抗疫的日子仍在持续。而由疫情带来的心理病毒,也有待长期的治疗。在这样的日子里,廖峻澜的书稿《城市的心灵——心理咨询师札记》的到来,成为驱逐阴郁与惶惑的一抹明媚阳光。《城市的心灵——心理咨询师札记》是一部以心理咨询为题材的小说集,由六个心理治疗案例串联起来的心理治疗小说组成。廖峻澜从独特的生命体验出发,以文学的手法,将她成为心理咨询师以来所遇到的典型案例,进行了合理的虚构、独到的叙述与情感的投射,创构出这种个性鲜明、思想深微、牵动人心、别开生面的文学形式。

国际上许多专家早就指出,21 世纪人类面临的最大威胁是精神疾病，心理问题几乎可以说是新世纪最大的问题。20年前听到这种说法的时候，我们也许还将它视为一个预言，一种预测。20年后，这种说法已经成为普遍的事实。在近期困囿于宅的日子里，这种感受尤其强烈。有好几位研究生给我发信息表示过，一方面是不能走动、不能开学的惶惑乃至恐惧，另一方面看到的很多消息尤其令人沮丧，这使得在家读书效率低下，心情常常处于阴郁之中。我知道，能够用微信与我表达这种阴郁心情的学生，恰恰证明他还是比较阳光和健康的；只能说明他有点心理动荡，即使出现点心理问题也自然能够调适和克服。人们精神世界中更多的心理隐患是说不出来、道不明白的。

实际上，我们每个人都会或多或少、或长或短、或显或隐、或深或浅地经受过心理疾患的侵扰。心理问题就像病毒那样，存在于我们周身，只是大多数病毒终被我们的免疫机制攻克；但在类似新型冠状病毒的威胁之下，我们的身心就显得脆弱不堪了。我们每个人都要面对心理疾患的困扰，也有着精神救赎的渴望。从这个角度说，廖峻澜《城市的心灵——心理咨询师札记》的问世不仅意义重大，而且非常适时及时。读者不仅可以从小说叙述中切实感受主人公们心理世界的惊涛巨浪与变幻轨迹，而且往往不经意间就会被小说屡屡撞击到自己的软肋，从中发现或纠结于心魔或释然于解脱的另一个自我，另一种生命形式，还有更多的精神存在的可能性。

这部小说的问世与疫情、疾病、灾难结下不解之缘，而它的缘起与生产过程同样与此相关。这是值得我饶舌一下的话题。她是怎样走上心理咨询师的道路，又如何成为一位业余小说家，其间又经历了怎样的她个人的"主体性"解构和重构的过程。显然，这些问题对于深入理解这部小说也许是至关重要的。况且，故事的叙述者与心理咨询师本身就是小说中的重要人物形象。

廖峻澜1999年考入南京大学文学院，本科期间我就给她上过现代文学课。当时他们在浦口校区，小班上课，师生交流比较多。她那时候喜欢追问文学与人生的关系问题，那个年龄对这类问题表现出的超常的求知欲令我印象深刻。喜欢追根究底无疑是难得的科研潜能。2003年她考上研究生后，我做了她的导师。她的学位论文以20世纪90年代至2000年后的女性文学为研究对象，重点考察那类缺乏主体性的女性形象。女性主体性的缺失既有社会现代性的根源，也存在着文化心理与精神层面的建构问题，廖峻澜的思维兴趣更多地集中于后者。

得益于优异的成绩和科研能力，廖峻澜硕士毕业后，顺利地进入了成都一所著名的高校，在该校的艺术学院编导系从事教学科研工作。作为导师，我非常高兴她有了一个理想而稳定的专业工作，对她的研究前途也充满了信心。虽然地处相距遥远的东西两城，但我们一直保持着较多的联系，她也经常把自己的动向、困惑或者成绩告诉我。因此，对于她从进入高校到走出高校、从文学专业改换心理咨询的心路历程，我都比较了解。当然，对于她的选择，我也经历了一个从不理解到理解、从心存狐疑到肯定和赞赏的过程。

二

从毕业后在高校工作开始,廖峻澜的研究焦点与思维兴趣发生了更加明显的转移,她越来越从文学的主体性偏向于人的主体性,从主体性缺失的社会根源偏向于心理根源,甚至偏向于探讨人的灵魂问题,追究人的终极关怀,拷问人的存在的哲学维度。而且,这时候,廖峻澜也越来越表现出一个突出的特点,即倾向于将她研究的文学问题、精神问题,与她自身的境遇、她自身的存在融为一体。比如,她毕业论文研究的是缺乏主体性的女性形象,而她突然发现自己也不幸成为缺乏主体性的女性之列。

我一度试图说服廖峻澜将文学研究与自身存在区别开来,学会让工作上的庸俗琐碎感与事业的神圣崇高感共生共存。但显然,常轨之路不能解决她超常的精神需求。

在工作的最初几年中,廖峻澜感觉自己远离了中文系的学术氛围,任教课程又是学院不重视、艺术生不上心的"边缘课",没有科研团队,申请课题非常之难,写论文就为了评职称,读研时好不容易燃起的学术热情在苦熬中不断消磨。她骨子里是一个如堂·吉诃德般的理想主义者,总想与现实搏斗。她告诉我,那几年,虽然她积累了一些结合艺术生教学特点的教学经验,但重复的备课上课,已令其身心俱疲。理想的轮胎掉落在一个未知的路牌下,现实的小车抛锚在无尽的荒野。她慨叹自己懵懵懂懂,浑浑噩噩,而立之年不能立,工作上进不能进,退不能退,如《圣经》里所说"万事让人厌烦"。面对未来的迷茫,她甚至一度患上轻度抑郁症。

而促使廖峻澜决心"弃文从医"的最主要的契机是2008年的那一场灾难——汶川大地震。在给我的一封信中，峻澜这样写道："2008年，四川汶川大地震震醒了不少如我辈一般迷惘之人，心理救援、心理志愿者这些新名词每天从电视广播里涌出，在概念商品词典里，心理咨询从奢侈品的陈列柜被挪移到普罗大众必需的日用品货架上。当时，华西医院的西南心理咨询师培训中心的'心理咨询师'考证培训班正在热招。5月12日地震，6月，我就去华西的培训中心报名，一开始，只抱着了解自己，自我成长的心态去听课，哪知，竟踏入了一条做心理咨询师的'不归路'。"

对于有些人来说，疾病与灾难是灭顶之灾；而对有的人来说，疾病与灾难反倒激发出其身上潜藏的创作天才。像伍尔夫和川端康成，一生饱受抑郁症的折磨。也许是为了给导师解释清楚自己转行的理由，也许是为了充分说服我，峻澜不厌其烦地诉说了这一过程的艰难和必然性。比如，心理咨询师这一职业及其对于心理黑洞与未知世界的探询能力让她十分痴迷。

通过变态心理学，她方知，疯子和天才就一步之遥。作家如卡夫卡是典型的分裂样人格，鲁迅是典型的偏执型人格，顾城有被害妄想症。

通过发展心理学，她发现，每个人成长中都有创伤事件，如易卜生话剧《野鸭》所象征的：每个人身上都有枪伤，每个人都是病人，没有完美的童年，没有完美的父母，错过了成长的关键期，你会花一辈子疗愈童年的伤。

通过咨询心理学，她醒悟，貌似正常的社会、家庭事件背后都有一些不为人所知的隐痛，比如，夫妻吵架并非皆是"贫贱夫妻百事哀"，如果双方人格都不完善，就容易把对方当成理想的"父母"，女性本着找一个"新爸"，男性本着找一个"新妈"的态度步入婚姻殿堂，一年半载下来，发现"被骗"了：为什么你不多包容我一点？为什么你不多爱我一点？反复沟通无效，一方的指责型人格登场，怒吼：都是你的错，我的不幸都是你害的！家庭的世界大战瞬间爆发。试想想：孩子生活在这样的家庭，每天耳濡目染，他会形成怎样的婚姻观？有确切的研究数据表明：父亲酗酒、有家庭暴力的女孩，成年后极有可能去找一个同样酗酒、有家庭暴力的男人；另一方面，一个男孩子，如果他的母亲是强势粗暴的，而父亲是懦弱柔顺的，他极有可能在成年后同样找一位控制欲超强的女性。弗洛伊德称这种现象为"移情"。

以心理学为核心的学习与探索，帮峻澜开启了一扇新的认识世界的大门，她开始用一种全新的眼光去看这个世界。她甚至愿意做一个孩童，在心理学领域从零生长。这些年，她买了上千册的心理学书籍，从书籍里去探究如宇宙般浩瀚无边的人性世界。东野圭吾在《白夜行》里说：世界上只有两样东西不能直视：一是太阳，二是人性。而她，却愿意直视人性，人性里有比深渊地狱还可怕的黑洞，潜意识里也有发掘不尽的神秘能源和暗物质。

从2008年开始，廖峻澜就在心理咨询这个领域开始了艰难跋涉的历程。取得职业资格证之后，她到心理咨询机构做了两年的实习咨询师，参加自我成长小组、情绪觉察小组，接受个人体验的一对一咨询。心理咨询师这一职业，并不如大众所认为的那么神秘莫测，要成为一名优秀的心理咨询师，关键在于：入行后，你能熬多久！有数据统计，很多持证的心理咨询师，两三年之后就开始转行，真正能坚持到五年以上的，少之又少。原因在于，当你是一名不成熟的心理咨询师时，你不仅没收入，你还要每年掏腰包去接受各种费用昂贵的培训。圈内有戏称，哪些人能做心理咨询师？"有病，有钱，有闲！"

过程纵然艰辛，但峻澜终于熬了过来。从2008年到今天，峻澜一直在接受各种专业培训，参加专业进修，也开了自己的工作室，先后接待多达几千人次的个案。这是她发给我的手记之一，不妨抄录如下：

> 做心理咨询师之于我，赚钱是其次，最重要的是在工作中，我会完成自我成长的功课，这也是我转型为心理咨询师的最重要的内驱力。同时，我对世界的丰富，对他人的秘密，对人性的复杂，有着如孩童般的好奇心。这份职业逼迫我一直成长，因为心理咨询师必须先将自己成长过程中的创伤解决，打开自己坚硬的外壳，去除内心的结，才能让情绪和能量在体内流动，把自己作为一个器皿，更好地感受来访者的情绪，与来访者共情，与来访者联结，寻找来访者问题的症结，通过各种各样新奇的技术，完成疗愈的过程。

如今，廖峻澜已是颇有名气的资深心理咨询师，中国灾害防御协会专家督导师,四川省心理学会应用心理专委会委员,国际整体暨自然医学学会(IHNMA)临床催眠治疗师,世界卫生组织世界医学最高认证中心(WMECC)催眠治疗师,国际资质认证中心(ACIC)国际注册职业培训师,成都市作家协会会员,民建四川省委理论专家委员会委员,民建成都市委宣工委副主任。

这些头衔的获得不在于戴上了多少光环,也不在于取得了多么显赫的成就,最大的意义在于证明了峻澜已经成功地完成了转型。尤其是《城市的心灵——心理咨询师札记》的出版,意味着她同时成为一位心理治疗或者精神分析小说家。尤其在我看来,这同时也证明了,她并没有"弃文从医",因为她又回到了文学。"文学就是人学",只是她心目中的"人学"更多地指向精神的存在、灵魂的确证与心理世界的完整。这是一种更高意义上的"回归"。

三

从 2012 年开始,廖峻澜就开始构思一部心理咨询的案例小说,试图把那些年咨询的案例通过整理加工,用讲故事的方式向大众读者普及心理学常识,当然更重要的是可以让更多的人及早调适自我,避免陷入心理误区。但创作并非易事,这一想法拖到 2017 年,也就是峻澜的第三个本命年。这一年,被峻澜称为严重的"中年危机",并产生了深深的"死亡焦虑"。熟人的病痛、亲人的死亡等接踵而至的各种灾难体验折磨得她常常失眠、落泪和恐惧。

世界上很多作家之所以走上创作道路，就是因为生命中遭遇了不可承受之痛苦和绝望，峻澜的写作也缘于此：唯有创作方能对抗死亡焦虑。由此，她开始提笔写小说，一发而不可收，中篇、短篇、电影剧本等等，其中，就包括《城市的心灵——心理咨询师札记》这本书。

关于这部小说，首先我想说的是，它虽然来源于作者的心理咨询生涯与工作经历，但它绝非仅仅是将奇特的心理案例改头换面而来，绝非单纯的心理治疗过程，在本质上，它是针对广大读者的心理小说或者精神分析小说。比如，她每篇小说叙述的原型基本都来自短程的咨询个案，也就是那种咨询次数在十次以下的个案。相对来说，长程的案例更有典型性，更戏剧化，更有卖点。作者告诉我，翻看那些长程个案的案例记录表，说句让人失望的话：长程个案问题确实严重很多，但严重不代表奇特。而且，案例记录不见得让你读得下去，案例记录全是她采取的某种技术、对病人问题的新的认识、给他布置的作业、对他的某个梦境进行的分析，重复、单调，伴随着阻抗、移情，反移情，暂停咨询，咨询师和来访者的不断博弈。估计，只有心理咨询师对这些内容感兴趣。

而短程个案心理问题并不那么严重，正因为他们的问题都比较"轻"，他们甚至也算是与你我一般无二的正常人，因而更能代表广大读者的心态。这本书，作者当然不想单单写给心理咨询师等少数人，而是要写给高中生、大学生、中学生家长、职场白领、家庭主妇，让他们在审美阅读的同时，都或多或少能发现自己的影子。像该书中选取的职场自我发展、婚恋情感、青少年厌学等案例，甚至不宜用"病态"来描述，都是每个人、每个家庭在发展阶段有可能会遇到的一些问题，很容易引起读者的广泛共鸣。也就是说，该部小说不追求为奇特而奇特，不刻意追逐奇崛诡异，力求接近当下生存世界的精神本相，更能呈现出米兰·昆德拉所说的那种"存在的可能性"。

其次我想说的是，这部小说的叙事形式与艺术结构独具匠心，心与心沟通的感觉化语言流程，自动散发着深刻的心灵抚慰功能。文学既是"有意味的形式"，也是"情感的形式"，在这部小说中，作者采取了三重叙述方式，以包容叙述者作为心理咨询师的热心肠、作为旁观者的理性克制，以及作为治疗者的悲悯。

第一重叙述，站在咨询师的视角上去叙述个案的咨询缘起、咨询中的感想，对个案进行点评，对各种心理咨询的术语进行解释，对心理咨询过程中发生的现象进行阐释。第二重叙述，站在旁观者的视角去俯瞰咨询室里发生的故事，以"兰馨老师"和"来访者"的对话作为每次咨询的重点部分。第三重叙述，站在全知视角上，用生活片段和小故事的形式向读者呈现来访者的成长经历，读者一定会和这些能代表来访者成长阶段特征的生活小故事发生共鸣，从故事里读到自己，从生活片段中回想自己的成长经历，从来访者的创伤看到自己有待疗愈的功课，从来访者的蜕变发掘自我疗愈的资源。

这部小说的六个篇章既不同程度地展现了作者的创作理念和美学宗旨，而且也表现各异其趣的审美个性和写作特色。

《恋爱牢笼》篇，来访者是26岁的女孩露西，在一次相亲中遇到自己的男孩,却总是表现出不喜欢对方的样子,直到男孩真的对她冷淡下来,她又担心失去这个好男人,陷入焦虑。她寻求心理咨询的目的是,想从咨询师这里获知:男孩到底是爱我还是不爱我?相信,每位适婚年龄的女孩都在心里打过这样的小九九,有过这种小心思,很多女孩从小就被影视剧灌输一个信条:在恋爱中,女孩不能主动,否则,一开始就输了!真的是这样吗?这部在心理咨询室上演的"言情剧"剧情如何?她的问题,和"好男人"无关。

《逆生长》篇,大虎作为被公司派驻到异地的员工,和当地同事处得不愉快,工作压力大,身体出现水土不服的症状,内心对人际关系敏感,经常有被同事排斥的感觉。如果你是公司职员,一定很能理解他的感受,也许,你会认为:有人的地方就有矛盾,这是正常的;公司内斗,分派系,利益分配不公,这是正常的。但是,大虎勇敢地迈出一步,寻求心理咨询,两次咨询帮助他解决了问题,他的问题,和"公司内斗"无关。

《一段网恋引起的心理治疗》篇,一位36岁的公交车司机俊凯陷入一段荒唐的忘年恋,爱上一位素未谋面的16岁女孩,认识的方式是:网络聊天。小说的叙述者不是在和"80后"的读者怀旧,因为"80后"的读者一定都知道一本叫《第一次亲密接触》的网恋小说。这也不是什么浪漫的婚外恋,而是中年危机和婚姻危机的转移。他的问题,与16岁女孩无关。

《偏执与疗愈》篇,一位家境富裕的女性水墨总怀疑丈夫要害他,而且是伙同婆婆一起害她,她认为,她的婚姻就是一场金钱与欲望的阴谋。这不是什么豪门恩怨的传奇故事,也不是精神病人的疯狂呓语。这个个案本应该是一个长程个案，咨询几次后，她因为突发的生活事件中断了治疗，却因为这个事件被疗愈。由此也可见，心理咨询的疗效也许 30% 发生在咨询室，70% 发生在你的生活里。在咨询室，你获得了深层的领悟与认知，而生活的洪流里，会有数不清的宝物漂至你脚前，漂至水墨脚前的，是看似一件可怕的生活事件构成的黑箱，打开黑箱，咨询室里的领悟与认知就开始与黑箱里的暗能量发生神奇的化学反应，最终，完成疗愈过程。

《我不是病人，是女儿》篇，一位在医院里被诊断为重度抑郁症的 18 岁高中女生小丽，吃了一个月的抗抑郁药，症状反而加重。接受心理咨询三次，奇迹般痊愈了，迄今为止，重度抑郁症都被归为长程咨询结合药物治疗的病症。小说里的咨询师并非神医，为何会让小丽有这么神奇的变化呢？读完该篇也许会有意想不到的答案。

《完美女人在恐惧什么》篇，乐婷是一个众人眼里近乎完美的女性，美丽，自信，高收入，家庭幸福美满。这样一位完美的女性，却主动寻求心理咨询，几次下来，咨询没有实质性推进。等到乐婷真正准备好咨询了，却爆出了一个又一个"惊天"秘密。她生活在自己缔造的恐惧中，她极力要掩饰这种恐惧，极力装扮成一个完美的样子。乐婷这一人物形象，让人联想到《朗读者》里的女主角——纳粹女军官汉娜，还有《了不起的盖茨比》里的主人公。试想一下：如果他们也接受了心理咨询，还会以悲剧的方式草草结束自己的生命吗？

序熊代厚著《春风花草香》

冬至雪炉醉,"春风花草香"。秦淮河畔,石头城下,飘飘洒洒的初雪令金陵城一夜白头。而手中这部水墨晕染、盈香满怀的书稿,在这寒梅乍放、雾凇沉砀的雪夜,悠长了记忆,温暖了心田,唤醒了春的讯息。

"江南佳丽地,金陵帝王州"。梨花似雪,柳絮如烟,杏花春雨江南。作为审美精神的文化腹地,古都南京含蕴着千古文人深隐心底、潜生暗长的一脉精神乡愁与诗意向往,表征着用以抵达生命最高自由的审美情怀和超越理想。而如今在经济大潮和大众文化的冲击下,这一诗意话语传统同伦理人文体系一样,遭遇了全球消费神话和世俗风潮的严峻挑战。

一方面,相对于 20 世纪 80 年代后期,当下个体对现代、后现代语境的感受、体验无疑更为深刻,自我主体遭到异化、物化及以人的观念为中心的理性精神的破灭感,也正在更深切地内化为审美现代性乃至后现代意识的滋生土壤。在这片土壤的孕育下,反讽、戏谑、狂欢、戏说、复调、荒诞、黑色幽默等文体形态,与亡灵、傻子、疯癫等另类视角联手,成为当前文坛流行的一大景观,朗润典雅的审美情致被滚滚硝烟的黑色幽灵遮蔽。另一方面,形形色色的欲望图像、心灵鸡汤、致富指南、信息知识等纷至沓来,解构着虚拟与现实、艺术与生活、真实与虚假、自我与大众的界限,呈现出一地鸡毛的碎片感。这也就不难理解畅销书架上知识考古、消费娱乐、心灵励志等散文类型的流行。

如何在吸取现代文明因子的基础上萃取儒风古韵与诗意江南的精华,如何在弘扬与实现个性自由、解放的征途中,突出世俗大众风潮的重围,重新建构中国当代审美维度,熊代厚君的创作做出了有益的尝试。手上这部令人醉叹流连的书稿,是其新著散文集《春风花草香》,共四辑。第一辑"春风花草香"20篇,写四季之景之情。第二辑"物言传心语"20篇,主要写万物有情,心灵丝语。第三辑"报得三春晖"20篇,主要写亲情。第四辑"随风潜入夜"20篇回归作者本行,主要写师生之情。

21世纪以来,南京的文学创作迎来新的繁盛期,无论小说、诗歌、戏剧还是散文,都贡献了一大批精品力作。作为南京散文家的重要一员,代厚君秉持多年深滋诗文经典的儒雅与润泽生活甘泉的积淀,为当下散文界带来一股别开生面的春风花香。

斯地俊秀,斯文清朗,"风吹柳花满店香",金陵子弟唤客尝。代厚君生长于人文荟萃之江宁,从教于斯,创作于斯,得秦淮灵气,披钟山沉雅,眺望滔滔江波,心属书香禅意,沉吟低首,感怀岁月,修养文字以传自然之气,积淀乡情如酿甘醇,诚意以奉读者。其岂不知身处匆匆太匆匆的年代?可贵的是仍旧坚执静文学观,在快马加鞭、汽笛声声催的语境中屏气凝神,俯身仰面,"静静等待花开的声音"(《花开的声音》)。

静文学观即是纯文学观。"春秋代序,阴阳惨舒,物色之动,心亦摇焉","物色相召,人谁获安",春秋物色动我情志,着我之色,乃发辞令,以兴观群怨,所谓"岁有其物,物有其容;情以物迁,辞以情发"(《文心雕龙·物色》)。这是最本真的写作动机,不为悠悠众口,不急时尚流行,不媚不俗,不油不浊,自然耳聪目明、心灵脑秀,无论"献岁发春""滔滔孟夏",抑或"天高气清""霰雪无垠",从容欣赏,细细品味,感四季物候之浸润,赏花木风雨之琳琅,春之玉兰、辛夷、迎春、桃花、海棠、紫薇,夏之田田莲叶,冬秋芬芳之桂梅,花开花落,屏息聆听,聚目观赏,如友如朋,"天地与我并生,万物与我同一",在与大自然的神交中感悟风流,忘记尘世的烦扰,承接中华文明审美自由的一脉清香,抵达心的澄明。

审美的自由与超越并非不食人间烟火。春风化雨,瞩目日常,一枚火山石,一把素琴,一台旧收音机,物言传心语,抚慰岁月疤痕,反而格外动人。童年、故乡、旧时光,一草一木,一品一物,因情而有了灵,有了气,有了魂:你看那辛夷花,"一树花开,满怀情意。它是暖,是爱,是诗的一篇,是心中的艳阳天"(《辛夷花开》)。还有那"故乡的老槐树",虽然早已不在,"可那槐花里的光影与生命,那甜甜的槐花糕清香的味道永在记忆的深处"(《五月槐花》)。

"春雨父母情,惠物侔爱子。润被发华妍,长养助欣喜。"(沈周《对春雨》)感恩父母,这是人间至深之情:那台旧收音机

"早已不能播放，但我仍把它珍藏，它承载着我快乐的童年，储存着温暖的回忆，蕴含着深沉的父爱"（《一台旧收音机》）。怀念母亲亲手做的槐花糕，"母亲将槐花糕切成一个个如火柴盒一样的方块，摆进盘子中端上桌来。槐花的蕊如白雪里的蜡梅，红枣如玛瑙般镶嵌于其中，那沁人心脾的清香让我和姐姐再也不能离开桌子半步"（《五月槐花》）。因了父母之爱，潮湿阴冷的冬天在"回忆里不再冻人。那些童年的时光被柔软细密的心房一直储藏，焐热，每至寒冬，都让我感到温馨，感到暖和"（《暖》）。

"德披春雨，教拂秋霜"，师生情又是另一种人间深情。"十年树木，百年树人"，领着孩子们在春天的泥土里种下一棵树，分明是在其心田种下一棵"灵魂的树，一棵情感的树，一棵精神的树"（《种一棵开花的树》）。执教多年，代厚君视生如子，桃李满春，更将这一份真心真意化作篇篇美文，《点亮一盏灯》《做一个好老师》《二班，爱班》……殷殷守望，追忆着似水年华。

秉持静文学观和一颗赤子之心，熊代厚崇尚曹文轩笔下的美好田园，"他眼中的世界是清澈如水的诗一样的世界，他笔下的家园是流淌着轻风流水的梦一样的天堂"，他的作品"写爱——至爱，将爱写得充满生机与情意"（《秋风明月清流》）。爱美，爱国，爱自然，爱生命，这也正是《春风花草香》的精神内核。

"花开的声音是对生命的一声呐喊，对生命的一次洗礼，在这呐喊和洗礼中，细弱的变得宏大，怯懦的变得勇敢，稚嫩的变得坚强。"（《花开的声音》）从花草荣枯之中，从历史长河之畔，从民族奋发图强的发展历程上，作家看到了生命的伟大而静谧:"生命是一场轮回,绿意的青春,满怀着希望;绛紫的秋天,沉静而丰盈;回归生命的晚霞,展现最后一片绚烂。"(《三片叶子》)看到了不屈不挠、百折不回的拼搏精神,正如那与死神搏斗而"不死的芦荟","它有如此顽强的生命力,一定会开出美丽的花"(《不死的芦荟》)。又如身处贵族之家却如平民一般的二月兰,它易被忽视、易遭践踏,"但它蓬勃的生命生生不息","次第的开放,前赴后继,绵延两个月,不管晨昏。它们笼着一个小小的紫色的梦想"。更看到了浴血奋进、战胜邪恶、砥砺前行的巍巍民族魂:"六十多年前,一个叫山口诚太郎的侵华日军士兵把南京紫金山下采集的二月兰花种带回日本,取名紫金草",多年之后,他的儿子带着父亲的临终嘱托,向侵华日军南京大屠杀遇难同胞纪念馆捐献了一座小型的紫金草花园,向中国人民忏悔赎罪,让紫金草重回故乡。(《二月兰》)

展读《春风花草香》,宛如一次回归内心,与自然、社会、历史对话的精神之旅,也是一次难忘的审美历程。除风物美、情感美、思想美,亦得益于其语言形式之美,风采华章,灵动丰秀,达到了很高的艺术境界。比如开篇一段描写早春的文字:

"晴云度影迷三径,暗水流香冷一溪。"水塘里的浮萍改了新妆,焕起绿意。残荷尚未醒来,枯叶顶在折断的茎上。它曾有接天的莲叶,出泥不染,香远益清;曾有映日的红花,芙蓉向脸,熏风五月。这一份早春,它虽然还在深梦里,但梦里的水此时变得清澈起来,掬一捧在手,也散着一份清香。

> 春天终于来了，花草虽浅，蜂蝶也未至，但处处浮动着暗香。
>
> ——《暗香》

文中此类白描写意兼备、诗语典化皆雅、叙述抒情交融的文字可谓俯拾皆是，读来清新俊逸、明白如话又诗意盎然，如缤纷花语，珠落玉盘，美不胜收。

这与作家深厚的生活体验、扎实的诗文底蕴以及细腻的观察体验是分不开的。最重要的是，在滚滚红尘中，作家拥有一份宁静的赤子之心，"心静若水，方能悠然见南山，细听闲花落地，看见蜂儿如雾，看见紫藤花中有风，拥有心灵的一片荷塘月色。这不仅仅是生活的一份安然，更是生命的一种境界"（《安静的心》）。我们有理由期待代厚君将会厚积薄发，将会有更多"春色满园关不住"的美文绽放于金陵文坛。

序《枫景——纪念栖霞区作家协会成立三十周年文集》

一

南京人杰地灵，文脉悠长，文化资源丰厚。《诗品》《文心雕龙》《千字文》《昭明文选》等诞生于此。《红楼梦》《本草纲目》《永乐大典》《儒林外史》等受其润泽。鲁迅、巴金、朱自清、张恨水、张爱玲、高晓声、陆文夫、苏童、叶兆言、毕飞宇等现当代文学史上的名家也都受益于斯。而人们常说，"一座栖霞山，半部金陵史"。栖霞山，这座坐落于南京东北部的名山，钟金陵林木之秀，披仙云霞光之彩，不但有着灵峻绵亘的山峦与深秋时节漫山遍野、令人迷醉、闻名遐迩的枫叶，更催发孕育了深染江南意蕴的文心诗意、山水清音、人文情怀。坐落于此的栖霞大地在南京文化史、文学史上占据着重要的地位，对南京文脉的养成、滋长、弘扬产生着不可忽视的影响。

六朝烟水气,绵延至今朝。有幸展读这部"纪念栖霞区作家协会成立三十周年文集",顿觉秀语嘉构妙成其文,艺海宿将、文苑新苗均出手不凡,小说、散文、诗歌等诸体篇章各自精彩,艺术气质多样,叙事视角灵动,五色斑斓,绚烂夺目,令人手不释卷。

该文集首先引人注目的是,其中的不少作品,比如《独特的泥土》(杨科文)、《说唱古城墙》(吴广鑫)、《家在尧化门》(陈剑)、《"富矿"栖霞山》(张智峰)等,通过对家乡草木、城墙、风物、特产等的吟诵,演绎着浓郁动人的乡音乡情,书写着"钟山毓秀"(傅长胜《钟山毓秀》)与"古镇新韵"(殷荣海《古镇新韵》),在出发与"返乡"(王晓辉《返乡》)中梳理斩不断的"情丝"(赵家宝《栖霞情丝》),高歌"山水之情"(张军《栖霞的山水之情》)。更有行吟者在泥土的芬芳中沉吟流连,感悟生命的真谛:"生命是一道轮回,养儿方知父母恩,想来我也是父母亲手播下的种子吧,他们在心田上浇水施肥耐心培育等待我开花结果,就像现在我也努力培养自己的下一代盼望春华秋实。每一份心田,就是一份丰收的守候和希望。"(卢云《心田》)

杜巍的《摇晃的时光,摇晃的梦》构思精妙而出于自然,夹叙夹议中满蕴充沛的情感。散文从"再见T65和T66"说起,联想到"坐绿皮火车的记忆"和那些"摇摇晃晃的时光",进而展开从唐山初到南京,从与南京陌生到逐渐熟悉,再到相知相爱不相离的数十年逐梦过程的追述。"我"的乡音是什么?"我"是一个"没有方言的人",喜也?忧也?将这些发自肺腑的情愫加以串联起来的亲人家事和风雨感悟,内涵丰富,感人至深。

一方水土养一方人。对故土的凝望、依恋、审思,是文学早已有之且吟唱不绝的母题，而地域文化对作家的影响则是多方位的，是深刻而绵长的。周作人在《地方与文艺》一文中，曾对当时文学创作存在的概念化、观念化、模式化等不良倾向进行反思，认为应该关注地域性、普遍性与个性的内在关联。他指出，在某种程度上，地方性即个性，必须经由地方性，才有作家的个性可言，即所谓"土里滋长出来的个性"。我们在这本征文汇集中，就不断与深受地域文化影响的多彩个性相遇。如老诗人方政在其诗作《梅花山》中的隐喻性慨叹："红梅绿梅白梅／赏梅的人们／不满足于春之沁人心脾／还要一一寻觅／哪一株酷似自己。"（《岁月深处的风景》）正所谓"一切景语皆情语"（薛潮海《一切景语皆情语——读〈每一座城，都有自己的记忆〉》），此景彼景，着我之情，方才动人。

秦淮花月，红楼梦影。诗意江南涂抹在千古文人心理深层构架上的那一脉乡愁，影响并呈现出一种超越功利的自由审美气质。这种自由审美气质或深或浅地从不少入选作品中透露出来。尤值得一提的是，侯印国《兴福禅寺组诗》将古诗雅韵与佛教思想意识有效交织融合，呈现出别样的浪漫情怀。如其中一首曰：

> 深山隐秋色，古寺有清泉。
> 鱼跃荷池月，蝉鸣松影天。
> 且听红鲤事，漫将白茶煎。
> 再会破山下，重来细论禅。

诗中有典有律，有佛有禅，有潇洒自在，更有心灵澄明之境，呈现出独特的思想艺术魅力。

其次，通读本文集可见，不少作品在地方性与个性的融合之外，又往往从字里行间渗透出一种时空交错、物是人非、历史意识与现实感相交织的审美景观。正如刘禹锡《乌衣巷》中所咏："旧时王谢堂前燕，飞入寻常百姓家。"王霞在其美文《水绘百年是隐谷》发出这样的追问："在这琴台前，我分明听到低回悠长而不散的阵阵丝鸣：高山流水？凤求凰？平沙落雁？梅花三弄？这琴声，讲述的是伉俪深情的爱？是国破家亡的哀？是两情相悦的恋？是生死为伴的依？""'江左烟霞，淮南耆旧，写入残编总断肠。'就让那悲喜交集的江淮旧梦，在这个宁静的冬季，在江淮平原风韵犹有几分残存的水绘园，次第上演吧。"时光流转，逝者如滚滚江水，幸而还有文明、文化的宝贵遗产遗迹慰藉着后人上下求索的意愿。另如《红学二题》（管秋惠）、《国学之我见》（徐有才）等文化散文在对传统思想文化资源的追寻与沉思中，也展现出丰裕温雅的历史人文情愫。

这种深沉的历史感不仅有时光流逝、沧海桑田的心灵感悟，更交织着或炽热或沉重的忧国忧民的情怀和现代反思意识。农民的儿子赵家宝虔诚地倾听着"共和国脚步"从南湖、井冈山走向世界，走向未来（《栖霞情丝》）。面对肆虐全球的病毒，人们唱响了"致敬逆行者"（吕步志《致敬逆行者》）的赞歌，在刺骨的寒风中张开诗人之眼，铺平恐惧、绝望的灰烬，用雪花写下并照亮死亡的阴影："是谁在黑夜送我钢笔／还送我涂满油彩的身体／我是否能成为画家？""当我抬起头／春天还在照射／可我依旧冷漠。"（蒋洪利《冬月二十二，敬武汉》）

最后，南京这座古都，和中华大地上的其他都市、乡村一样，久历风霜雨雪，又正在面临新时代的转型挑战。相较于诗歌、散文等文体，该集收录的几部小说作品更突显出一种现代性反思的视角和人性探寻意识。尤其令人难忘的是曹寇的中篇小说《塘村概略》，故事情节并不复杂。一周以前，一个名叫葛珊珊的22岁女孩，就在塘村小学校门口被活活打死了。"凶手至今无法抓捕，因为参与打杀的并非一人。当时正是正午，除了占道经营的摊主，还挤满了接孩子或送午饭的家长们。人们之所以要暴打一个手无寸铁的女孩，是因为对于塘村人来说，她是个生面孔，像个人贩子。"这一恶性事件本身充满着戏剧性、冲突性和悲剧性，可是在作家笔下，其悲剧性和冲突性被一地鸡毛的生活琐碎稀释了，呈现出一种荒诞的真实。在精到老辣的文笔与张弛有度的叙事中，小说更是在人性挖掘上入木三分，发人深省。

二

该文集是纪念栖霞区作家协会成立三十周年征文活动的一个成果。它虽然只是栖霞区近年来锐意举办的众多文学艺术活动中的一次，却因为这些生动活泼、意蕴丰满的创作文本的汇集被赋予了特别的意义。如前所述，古金陵文风昌盛，今南京诗意繁茂，而于兹尤甚。因此这里也有必要就栖霞文学的特点谈一点粗浅的认识。

自古以来，栖霞就是一片文学的沃土，一座文学的名山。千余年来，无数帝王贵胄、文人学士在栖霞寻幽探古，歌咏山水,留下了光芒璀璨的诗文篇章。程章灿先生在《诗栖名山》一书的序言中,就曾系统梳理过历代吟咏栖霞的诗人,如南朝的梁元帝萧绎、江总、陈叔宝,唐朝的刘长卿、顾况、权德舆、皮日休,宋朝的叶清臣、王安石、俞紫芝、周文璞,明朝的汪道昆、王世贞、焦竑、于慎行、汤显祖、钟惺、袁宏道、袁中道、吴应箕,清朝的杜濬、顾炎武、王士祯、宋荦、孔尚任、查慎行、厉鹗、袁枚、蒋士铨、赵翼,等等。历代文人墨客不仅留下传世之作,也多有流连忘返者留下了更多的生活足迹,成为栖霞之地与栖霞之人、栖霞之文与栖霞之史的有机组成部分。因此,我们不仅可以说"一座栖霞山,半部金陵史",甚至可以说,一座栖霞山,也是半部金陵文学史。

追远抚今。栖霞在经过千余年的文化积淀后,正勃发出新的文学生机。改革开放以来,栖霞文学创作秉持栖霞文化基因,扎根本土文化,焕发基层创作活力,表现出强烈的本土意识和开放精神,已经形成了一个备受关注的"栖霞文学现象"。总体来说,"栖霞文学现象"有着三个突出的特点:

一是自觉致力于本土文化资源的整理与挖掘。一批在栖霞生活或工作的作者,致力于栖霞地方文化的整理、重述与创新,充分挖掘本地文化资源与审美传统,表现出强烈的文化主体意识和自觉意识,先后出版了一大批关于栖霞山、栖霞寺、马群、八卦洲、燕子矶、南朝石刻等的栖霞历史文化著作。如吕佐兵、管秋惠、张智慧、王小峰等分别主编的《圣碑——南京栖霞山明征君碑瞻礼》《灵塔——南京栖霞山舍利塔瞻礼》《佛光——南京栖霞山千佛岩瞻礼》《燕矶旧影》,王国樑主编的《明初京畿重镇——

马群》；张军发表了系列"栖霞文化散文"，并出版有《金陵明秀——栖霞山》等。再如，管秋惠的长篇历史传奇小说《金陵恨》和综合性文化书籍《南京·金箔大观》（与人合作），刘跃清的《天堑变通途——南京长江大桥纪实》、高低（王志高）的《平安高地：社会治理的"江苏样本"》等纪实文学作品，也都充分体现出栖霞作家植根江苏文学沃土，立足本土文化的审美精神与创作意识。

二是涌现出一大批忠于生活、思想活跃、所涉门类齐全的老中青创作队伍。20世纪60年代，王德安就在中国诗坛崭露头角，至今已出版《迟熟的高粱》《心底珊瑚》《青花写意》《青花物语》等作品；傅长胜早在80年代便发表有《永不凋谢的鲜花》《选代表》《弹吉他的小伙子》等具有一定影响的小说作品；方政长期坚持诗歌创作，出版了《诗羽栖霞》《人生况味》《方政现代哲理诗选》《鸡鸣唤醒的时候》《驾车的过程》等；王晓辉的诗歌创作风头正劲，出版了《扬子江，我是你的骨血》《生命是一场相逢》《夜行的铁》等；王霞教学之余，以散文创作见长，出版了《每一座城，都有自己的记忆》和《孩子成长，父母如何智慧地面对》等；侯印国的文化随笔近年来影响颇大，出版有学术随笔集《风月同天：古代文化变迁中的细节》，并在《扬子晚报》设有文化随笔专栏"侯教授的文化简史"。尤其是近年来，刘跃清、曹寇、王志高等，以栖霞文学面孔崛起于国内文坛。刘跃清的《士兵凶猛》《战斗在朝鲜》《上甘岭43昼夜》等，丰富了军事题材文学的面貌；高低的《借势》《风云再起》《安静的面纱》等，拓展了官场小说的叙事模式；曹寇的《躺下去会舒服点》《金链汉子之歌》《在县城》等，更是以其个性鲜明的小说风格和叙事形式，广受文坛瞩目。

　　三是丰富多彩的文学活动与文学创作的良性互动。栖霞大地是一块文学福地，也是一方文学热土。这里的文学采风、作品征集、赛事等，层出不穷，充分激发了基层作家的创作，也进一步弘扬了栖霞文化。这里的文学朗诵会、文学读书会、文学研讨会等，既频繁又高端，常常引发国内外文坛上的文学热点。具体而言，一方面，既组织区内作家深入八卦洲、燕子矶、仙林大学城、华侨城、高新区等进行文学采风活动，让作家们切实体会到栖霞的发展，让笔端流出真情，让文字记录现实；也通过开展"美丽栖霞在我心中""改革开放四十年栖霞的变化""新中国成立70周年看栖霞"等各类主题征文活动，激发区内作家们的创作激情，提升文学创作水平，精选优秀的文学作品。另一方面，邀请知名作家、评论家走进栖霞，书写栖霞。如近年来邀请了汪政、韩东、赵本夫等，进一步扩大了栖霞的影响力和文化美誉度。值得一提的是，2019年，"文学写作与美好城市"高峰研讨会暨中国文学名刊主编见面会，共同谱写一曲栖霞与南京文学之都的新篇章；2020年，"栖霞胜境"全国诗歌大赛，将栖霞文化建设推向一个新的高度。

　　2019年深秋时节，联合国教科文组织宣布南京入选"世界文学之都"，消息传来，举国沸腾，欢欣鼓舞。我们相信，作为"文学之都"王冠上的一颗璀璨的明珠，栖霞文坛在区文联和作协的助力下一定会无愧于这无上的荣耀，也必将再创辉煌！

2020年7月23日于南京大学仙林校区

序邓全明著《新时代、新制度、新文学——文学苏军第二方阵小说家论》

想起来，第一次见到邓全明副教授，是于2019年春天在徐州举办的第三届中国长篇小说高峰论坛上。在那次论坛上，我主持了一场围绕叶炜"转型时代三部曲"的学术研讨会。发言中，来自苏州健雄职业技术学院的全明兄从向内和向外的关系、自由和趋同的关系、正义和苟且的关系等方面，系统而精辟地对叶炜小说进行了个性化的阐释，令我印象十分深刻。也是在那次论坛上，我与全明兄相谈甚欢。全明除了对王元化的学术思想、莫言的小说创作有深入的研究外，近几年又以较多的精力系统地研究苏州文学，或者从地域文化的角度考察江苏文学。两年前他出版的著作《从建构性价值取向看新时期苏州小说创作》就受到文坛的高度关注。而我这些年也一直关注和追踪江苏长篇小说的创作。因此，我们俩有着较多的共同语言，也能够彼此互通信息，交流看法，讨论观点，相互砥砺。日前，全明兄将厚厚的新著书稿《新时代、新制度、新文学——文学苏军第二方阵小说家论》（上海文艺出版社2021年4月版）发给我，嘱我写点文字。于情于理，这都是督促我学习的一次好机会。

拿到书稿，我既惊讶于全明兄写作之勤奋、反应之迅疾，也深深折服于其开阔超前的学术眼光和高屋建瓴的研究视界。"文学苏军第二方阵"应该说是全明在研究界首次系统使用的一个概念，它来源于"文学苏军新方阵"这一说法。2017年11月底，江苏省作家协会通过各种形式，以"文学苏军新方阵"的名义，整体推出朱文颖、王一梅、戴来、韩青辰、李凤群、黄孝阳、育邦、曹寇、张羊羊、孙频等10位江苏新一代作家。"新方阵"之"新"则有呼应文学苏军"领军人物"阵营之意。这被视为江苏省2016年集中推出赵本夫、范小青、黄蓓佳、苏童、叶兆言、周梅森、储福金、毕飞宇、鲁敏、叶弥等10位江苏文学领军人物之后的又一重大举措。全明笔下的"文学苏军第二方阵"，作为一个研究概念，虽然以"文学苏军新方阵"为主体，但在内涵与外延上颇有不同，主要基于文学考察的内在需要和学术研究的考量。"文学苏军新方阵"所选作家基于综合性的创作成就，不限文体形式；而这里的"文学苏军第二方阵"主要是小说家。"新方阵"因名额所限，难免限制批评家的研究视域；相对而言，"第二方阵"的说法就更加灵活、客观、科学，宜于回归小说本身的价值探讨。"新方阵"作家虽然都是"70后""80后"作家，但"新方阵"之"新"不仅有年轻之意，更有思想新锐、创造力旺盛、探索性强的内涵，如果有人误认为他们是文坛新人，是新出道的作家，那就大错特错了。像朱文颖20多年前就已登上文坛，风格独树一帜，创作成就斐然，是国内重要的"70后"代表性作家。"第二方阵"的说法至少不会给人造成这种误解。

实际上，无论从江苏还是从全国来看，"70后"小说家，尤其是"80后"小说家，在许多方面已经超越了他们的前辈。特别是在表现新的时代与新的生活，表达新的思想与新的情感，创造新的人物与新的人性状况等方面，他们才是文坛的代表，而不少"50后""60后"作家其实已经开始落后于时代与生活，尽显审美上的老套与思想上的疲相。甚至可以说，即使在整体性的思想高度和艺术成就上，他们也已经不逊于后者。江苏作为备受文坛瞩目的文学大省，在这个层面上，依然走在全国的前列。这也正是读者将要在该书中看到的，江苏的"第二方阵"在文坛上已成大气象。

通读邓全明的《新时代、新制度、新文学——文学苏军第二方阵小说家论》，有四个深刻的印象凸显出来，即其富有成效的文学制度研究，独到的以传统文化为核心的"大文化"理论视域，文学史与文学评论相结合的良性互动，以及论评结合、独出机杼的批评家个性。

首先看该著的文学制度研究，既有宏观的视野，又有实证的分析，既有全国性的制度背景扫描，又有针对性的地方场域剖析，既有历史沿革的梳理，又有零距离的观察思考，构成了一次富有成效的尝试。作为近年来中国现当代文学研究的重要学术增长点，该著在吸收国内外学术前沿有关文学制度研究成果的基础上，对当代中国文学制度与文学创作的关系进行了个性化的透视,并对 21 世纪以来特别是"新时代"以来文学制度的新举措及其与文学创作之间新的动态关系做出了思考。尤为重要的是,对这种具有中国特色的文学制度做出了自己的分析、科学的判断和理性的评价。如作者认为"新时代"的文学制度一定程度上继承了中国传统礼乐一体的精神,这种继承是"中国共产党从成立之日起,就既是中华优秀传统文化的忠实传承者和弘扬者,又是中国先进文化的积极倡导者和发展者"的具体体现,其中不乏作者的独立思考。

作为江苏省作协"重点扶持文学创作与文学评论"资助项目"新文学制度下江苏小说创作发展研究——以'文学苏军新方阵'小说作家为重点"的成果,该著在以宏观的视野梳理中国当代文学制度与文学创作的关系的基础上,对"文学苏军新方阵"为代表的第二方阵小说作家的创作进行了细致的考察。在此基础之上,发现他们小说创作的"传统"与创新,并力图揭示其背后的制度因素。著作认为,来自江西的黄晓阳、来自山西的孙频、来自安徽的李凤群之所以能聚在"文学苏军新方阵"这一旗帜下,这"本身就是制度的结果","李凤群和叶炜乡土小说写作与社会主义新农村建设、房伟历史小说的国际视野和对人之'大道'的反思与'人类命运共同体'意识的关联,戴来爱情婚姻小说的理性意识与建构性价值取向之间的关联"都不无制度因素的参与。这都是深入考察文学创作实践后得出的言之有据的结论,给人耳目一新之感,也令人信服。

其次说该书所显示出的独到的以传统文化为核心的"大文化"理论视域。著作独辟蹊径地将中国传统思想运用于文学制度与文学批评研究中，充分显示出作者对优秀传统文化现代性转换的自觉意识和良好的把握能力，也说明作者中国传统文化功底之扎实、视域之深阔。根据全明的学术成长经历，他对中国传统文化现代性的关注应该源于对王元化学术思想的研究。海外学者余英时、林毓生等触发了王元化对传统价值的关注，而对传统的审视是王元化对"五四"新文化运动进行反思的重要视角。在全明早前著作《触摸热闹后的苍凉——莫言小说创作论》中，他就试图将中国思想传统融入对当代文学创作和文学现象的分析，这一倾向在其《从建构性价值取向看新时期苏州小说创作》一书中更加突出，即将中国儒家思想的现代性转换作为文学领域建构性价值的内涵之一。

在作者看来，过去我们的研究追求马克思主义中国化，但文化领域马克思主义中国化重点主要在民间文化，而对传统文化中的"大传统"关注不够。"新时代"以来，马克思主义中国化走出了一种新气象和大气魄，即追求马克思主义与中国优秀传统文化即"大传统"的深度融合。他甚至把这种"将马克思主义与作为文化内涵的中国精神进行高度的融合"称为佛教传入中国后的又一次思想文化的"大转折"。在《新时代、新制度、新文学——文学苏军第二方阵小说家论》一书中，作者延续了传统文化视域而且将之上升为学术建构的自觉意识。在论述中，不仅引用孔子、孟子、朱熹、王阳明等儒家大师的经典著作，还引用新儒家重要代表冯友兰、钱穆、杜维明的不少论断。总体而言，作者对儒家思想的继承，主要体现在对儒家理性主义立场的肯定和坚持。儒家重理性，讲修身，这既是日常生活实践，也是理想信念，因此儒家的文学既是人生的，也是艺术的。该论著对儒家思想的继承既体现在对文学和社会关系框架分析上，也体现在文本细读方面。

比如，冯友兰儒家思想的一个突出特点就是将马克思主义融入儒家思想传统，以实现儒家思想传统的现代性转换，作者显然受到冯友兰的影响。冯友兰特别看重"极高明而道中庸"对于中国思想的价值，认为这是中国思想的一个重要传统。作者将冯友兰的思想进一步引发，认为共产主义理想对当下社会生活的关系正是"极高明而道中庸"中国思想传统精神的延续，足见作者对传统现代性转换的严肃思考。另外，作者将钱穆"艺术属于全人生"的思想运用于对当下文学制度的分析——特别是文学与政治的关系上，也体现了对传统继承的自觉。读者将会看到，该书在分析孙频、房伟、叶炜等作家的小说创作时，都渗透着中国心性哲学思想，如从"人之性"与"人的所有之性"、"人之性"与"人之道"的关系等层面去把握和分析孙频"底层叙述"的成功。尽管我从新启蒙主义的立场对全明兄的部分观点持一定的商榷态度，但从该书自成体系的话语系统来看，其理论的自洽性、深刻性和启发价值确实是值得击节叹赏的。

再说该书显示出的文学史与文学评论相结合的良性互动模式。我们知道，以年轻作家为对象的研究因其时间近且正在发展中，多以评论性文章为主。但该书锐意追求"规模效应"，力求从文学史的角度，把握"文学苏军"第二方阵作家的小说创作，认识其价值。"文学苏军"是中国当代文学大家庭中的一支劲旅，"文学苏军"第二方阵作家也表现不俗，其中许多作家的创新性和个性甚至更加突出，要对他们的创作做出恰当、全面的评价，的确是一次极大的挑战。尽管整体性的历史受到质疑，但该书从发展史的角度把握这一批作家的价值和意义，仍然不失为一个好的方法。在该著对作家创作的把握和评价中，文学史的回溯构成了一个重要维度。著作从"涉农"题材、"底层叙述"、知识分子题材、爱情婚姻家庭题材、先锋小说、历史小说、通俗小说等七个方面分析"文学苏军"第二方阵作家的小说创作，既提供了一种可供借鉴的史学叙述框架，也建立起一个横向与纵向相结合的审美参照系。作者在认真阅读、深入理解作品的基础上，将其放到相应的谱系中比照和剖析，准确把握它们所承袭的传统以及在传统基础上的创新，较好地实现了史与论的结合。如从"底层叙述"发展的角度肯定孙频小说的意义、从西部文学的角度分析孙频小说的风格；如从乡土小说、农村题材小说、新乡土小说、新农村题材小说的内在联系分析叶炜涉农题材小说发展的过程；再如从建构性价值取向在新世纪以来的发展趋势认识戴来小说理性的回归。这些都独到地形成了文学评论与文学史研究相结合的互动模式，切实推进了对文学苏军第二方阵整体性的研究。

最后我想谈的是邓全明著作显示出的才气与锋芒俱佳的批评家个性。书中的作家作品论有论有评，论、评结合，不少独到之处令人难忘。一段时期以来，论而不评、脱离具体作品的高谈阔论是文学批评的一个毛病，甚至导致文学批评的"失语"之虞。或许源于作者是长期从事文学教育的教师，作为一个基层的文学工作者的原因，《新时代、新制度、新文学——文学苏军第二方阵小说家论》的一个突出特点是高度重视文本分析，在大量的文本阅读的基础上,"披文以入情,沿波讨源",力图对作家作品进行深入、全面的把握。比如作者认为孙频的"底层写作",无论表现底层人群卑微的生活及幽微、复杂的内心世界,还是揭示底层沦落的原因和批判社会的不公,抑或表达对社会、人生形而上的认知,都通过鲜活、生动的人物来实现,将人情、人性、人道融于一体,以自己特有的艺术方式开拓了"底层写作"的空间,丰富了"底层写作"的主题。这应该是对孙频小说创作比较中肯也十分到位的学术评价。

再如,作者认为《福地》的突出意义在于"展示了乡土中国基层组织——自然村落——社会治理的基本特征",从对知识/权力场的反思角度分析、认识叶炜的知识分子题材小说的意义,也足见作者匠心。另如作者认为:房伟的抗战小说是战争小说的一个突破;朱文颖《高跟鞋》《莉莉姨妈的细小南方》等继承了自庄子以来的古典浪漫主义精神传统,并以此建构现代中国知识分子新的传统;戴来的爱情、婚姻、家庭小说所渗透的理性反思反映了建构性价值增强的趋势;曹寇的小说看似漫不经心、一副嬉皮士的脸孔,实则隐含着"执手相看泪眼,竟无语凝噎"的沉重,是寓热于冷、举重若轻;等等。这些见解往往论断果敢,一语中的,启人深思,无不展现出一位批评家的独特个性和令人难忘的思想才情。

2020.07.30

序董卉川著《江苏现代小说十三家论》

在整个中国现代文学史的发展历程中，江苏作家做出了独特而卓著的贡献。清末民初的江苏作家深度参与了中国现代小说的发源，"五四"之后的江苏作家更是构成了三十年新文学天空中一个璀璨炫丽的耀眼星群。然而，不少作家的文学遗产直到今天也没有得到充分的挖掘、整理和研究，许多作家作品往往处于一种被忽视、被低估或者被遮蔽的状态，更甚者，长期成为文学史上的"边缘人"或"失踪者"。董卉川最近几年勤奋于江苏新文学史料的爬梳剔抉，潜心于江苏新文学的重评重估，新著《江苏现代小说十三家论》便是这一工作的重要成果。朱自清、陶晶孙、滕固、谭正璧、顾仲起、陈白尘、陈瘦竹、罗洪、鲍雨、韩北屏、程造之、无名氏、路翎，这十三位作家，要么在以往未受到应有的关注，要么未得到更全面的阐释。有的作家虽然也在文学史上具有重要的地位，但往往以散文家或戏剧家的形象深入人心，其小说创作却被忽视已久。该著着力于江苏"边缘"小说家的打捞与重识,梳理其创作历程,揭示其审美内蕴,总结其思想旨趣,为我们打开了一个文学史的新天地。

一、史料的钩沉辑佚

史料学是近年来研究界越来越重视的一个领域,它既是学科构建和学术研究的坚实基础,也充满了朴素而严谨的科学精神。在现代文学的史料钩沉上,董卉川具有独到的治学经验和优势。就他的重要研究方向并取得一系列厚重成果的中国现代诗剧来说,诗剧史料在研究界一直是极其匮乏的一个领域,只有具备敏锐的史料意识与搜集史料的能力,才有可能深度掘进。数年扎实的史料功夫的训练,为董卉川的治学理路夯实了根基。

本书的前期准备工作并非一蹴而就,著者付出了十分艰辛的劳动。著者十分注重作品资料的"原始态",上下搜求寻访到了许多第一手资料。该书的成因得益于江苏省重大文化工程"江苏新文学史"的启发。2018年冬,董卉川负笈金陵,以我为合作导师,从事博士后研究工作,其间表现出勤勉恭谨、笃定踏实的学风。三年前,董卉川参与到《江苏新文学史·小说编》《江苏新文学史史料选·小说编》的编著,他以一贯的严谨与敏锐,于此过程中发现了诸多被文学史遮蔽、被大众忽视的作家作品。在此基础上,整理出了65万字的资料汇编,撰写了35万字的书稿。有了这百万字的基础打底,董卉川对江苏新文学的发展有了整体感知和深度领悟;而大量第一手材料的搜集,又为他开展本书的工作筑牢了地基。全书以作家作品为主线,从卷帙浩繁的历史资料中钩沉辑佚，整理考辨，重新审视江苏现代小说的创作。

首先，著者通过资料的开掘，打捞出诸多被遗忘的作家作品。程造之、罗洪体量庞大的小说创作，在当时文坛上都具有重要影响，但随着时间的流逝，这些作品逐渐淡出了研究视野。文学史上的朱自清多以散文家和文学理论家的面貌出现，然而，他的小说《新年底故事》《别》《笑的历史》《阿河》《飘零》却很少被研究者提及。同样地，陈瘦竹、陈白尘则主要作为戏剧家和戏剧理论家为学界所熟知，他们戏剧家的地位遮蔽了小说家的身份，也带来了后世研究的偏向。殊不知，两人各自营构了丰富绚烂的小说世界。学者谭正璧以文学研究闻名，但他同时也是一位创获颇丰的小说家，在历史小说领域形成了鲜明的个人风格，但至今少有研究者关注。董卉川不仅注意到谭正璧在历史小说创作中的独特贡献，同时，还以自己的研究全面展示出谭正璧的创作风貌。

如果说在史料上"应有尽有"主要还是个下苦功夫的问题，那么在如何编排使用这些史料等方面，则尤能显出论者的学识水平与攻关能力。在撰写过程中，著者深受新历史主义思想的启发，关注野史、小历史、小叙事对于传统宏大叙述、正统叙事的颠覆与拆解。例如，对罗洪《孤岛时代》成书的考略，董卉川细致探查了《晨》《魔》《前奔》之间的密切关联，注重揭示作者主观意志与时代客观因素对该书的影响，作者并没有淹没于史料考证的细节之中，而是以此为根基立体透视，进一步考察该书的优劣得失，在此基础上整体审视罗洪的小说，将史料与史识结合，展示出不俗的见地。依托于民国报刊，挖掘散佚文本，关注边缘作家的创作情况，打捞淹没在历史之海的文本，并结合史观进行辩难发覆，不但有助于当前研究材料的拓展、研究范围的拓宽、研究视域的更新，更有助于带来对现代作家乃至整个现代文学史的全新认知。

通过钩沉爬梳，析微察异，打捞被遗忘的作家作品，不仅能够清理历史遗产，重新标定这些作家作品的文学价值和文学史价值，更能尽力还原江苏文学史的面貌，丰富中国现代文学创作的实绩。对这十三位小说家展开研究，亦能够推进已有学术史的进展。

二、文本的沉潜索解

长期从事文体研究，熟稔于"新批评"理论，董卉川养成了精细的文本解读眼光，他对小说的语言、修辞、形式、文体尤其敏感。瑞恰兹、兰瑟姆、布鲁克斯等人都对文本细读做过精彩论述。所谓文本细读，是要求对文本进行分析性细读，对文学作品中的语言和结构要素做尽可能详尽的分析和揭示，阐明作品各种因素的冲突和张力的基础上把握作品的有机统一。借助于"新批评"的重要工具，董卉川常常能发前人之所未见。艾伦·退特的张力说、艾略特的理性论、赵毅衡的象征论等理论信手拈来，有机融入小说的阐释。他深入文本的毛细血管，发现被人忽略的风格，捕捉作家创作中的潜流，动态展示小说文本的内在张力。

在研读文本的过程中，著者对江苏现代小说有了更为深刻的认识，对不同题材的文学特性、不同作家的写作风格有了更为清晰的把握。得益于广泛挖掘素材，以及认真研读咀嚼，在撰写时思路较为开阔，视角较为多元，对作家的创作特色与思想内涵理解有自己的独到之处。

首先，著者在文本细读中发现作家的创作转型，全面呈现作家风格的流变历程。一般认为，滕固是唯美主义的坚定拥趸，但董卉川却指出，滕固后期创作的《独轮车的遭遇》《长衫班》等作品，具有强烈的现实批判意味，与时代历史紧密相连，语言也变得洗练、质朴，与20世纪20年代的靡丽诗意迥然有别。相似地，董卉川敏锐地觉察到，顾仲起晚期的长篇小说《龙二老爷》同样表现出了全新的创作气象。他不再哀哭个人的悲惨境遇，而是以龙二老爷的一生透视苏北乡村中的变迁，将晚清到20世纪20年代的历史有机融入，展现出广阔动荡的时代背景，编织了一部宏大的时代史诗。不管是结构上、语言上还是人物刻画上，都表现出长足的进步。类似的发现在书中比比皆是。这些发现具有重要的文学史意义，补足了原有研究的偏失，拓宽了前人研究的视野，更新了前人研究的内容，足见著者对于文本的用心程度。

其次，著者在文本细读中注重作品的文体特征。由于著者是诗剧研究出身，对于文体尤为敏感。因此，在解读江苏现代小说时，也特地观照到顾仲起、无名氏等作家在小说文体形式上的创新。他揭示出顾仲起的诗化小说特征，顾仲起以诗人的激情，抑扬顿挫、跌宕起伏的外在节奏形式谱写诗体小说，反映出现代人自由开放的情绪以及复杂敏感多变的精神世界；剖析《无名氏初稿》的诗体小说特征，精美凝练、激情澎湃、意蕴深厚的诗性表述方式,以及暗示性意象的诗性建构,谱写出一曲浪漫的心灵唱诗。

在论述江苏现代小说创作的同时,著者还注意深入探究与之相关的众多文学理论与文学现象,将其与中国现代社会的历史变迁、文化心理、文学论争、文学体制等层面的相关问题结合起来,深入考察其文学史意义,突出江苏现代小说研究的理论维度。例如,作者在分析陈瘦竹的讽刺风格时,注重20世纪40年代中国文坛的整体状况,将其置于讽刺文学的创作思潮中加以论述,以一种横向比照的视野,凸显出陈瘦竹讽刺风格的独特性及其相应的文学史地位,经由对比昭示陈瘦竹温厚善意的讽刺风格,从而标定其文学特质。

三、启蒙精神的照彻

如果说中国现代文学自诞生之日起就以启蒙精神为根基,以改造国民性为己任,那么江苏现代小说,不仅呈现出现实主义的整体倾向,表现出鲜明的现实关怀,更以其细腻的文风、独到的描写领域、地域色彩浓厚展现出富有个性的思想情怀。作家们以诚挚深沉的人道主义精神,关注现实人生、同情弱势群体,以现实主义的笔端触及严峻的社会问题,体现出启蒙精神的灌注。董卉川在研究中,特别重视启蒙精神的指引,关注作家的启蒙立场——对于民众的启蒙,对于理性的追求,对于国民性的批判,更着力挖掘民众的自我启蒙与觉醒。

首先,董卉川关注到作家们鲜明的现实关怀与批判精神。

江苏小说，高举"五四"启蒙主义的大旗，以深沉的忧思、深切的关怀进行社会批判、人性批判、国民性批判。陈瘦竹、陈白尘、罗洪、程造之、谭正璧、鲍雨、路翎等人的创作，无不是与人生紧密结合、与社会密切相关的，他们以超越时代的眼光与视野，透视社会中的种种世相，剖析国民性的幽暗，揭示人性的暗角。对于《罗大斗底一生》的分析，尤其能见出著者浓郁的启蒙情怀。董卉川指出，正是极速变迁的社会关系、畸形的社会环境，导致了"罗大斗"人性的异化，使他成了一个卑劣、邪恶、丑陋的奴才，黄鱼场、云门场上演的种种丑剧更是半殖民地半封建中国的异化人性的展演。路翎对于异化丑恶人性的图绘令人触目惊心，著者更进一步进行灵魂的逼视——"我们能够看到以前、现在、将来的某些人甚至自己的影子，这让人沉思、惊战和恐惧"。不难看出，作者的主体意识时刻渗透在论述之中，展露出鲜明的个人气质与个性风格，个人视角的融入使原本久远的文本变得亲近，这样的论述让人感受到对于历史的温情与敬意。

出于强烈的启蒙倾向，董卉川对于江苏现代小说中的启蒙者形象、启蒙叙事尤其关注，并通过叙事视角、叙事模式等的寻绎，揭示出作家的启蒙关怀。小说中的启蒙者主要是知识分子，著者通过精细查考，指出《孤岛时代》中的钟成、《活跃在敌人后方》中的耀东，《没有米》中的兆富，《绿草荡畔》中的昌生、《学步》的辛耀中，《临崖》中的"我"，都是启蒙者的典型代表。这些作品无不采用了经典的启蒙模式：男性为启蒙者，女性为被启蒙者；现代知识分子为启蒙者，普通民众（农民）为被启蒙者。显然，这种等级的设定既是对"五四"文学启蒙书写的承续,也是作家在性别、阶层认知上的限度。因此,董卉川更推崇韩北屏在《神媒》《学步》《被称做太太的女同志们》《邻家》等作品中,对于常见启蒙模式的颠覆——乡村老师成为牧师的启蒙者,女性成为男性的启蒙者,这种启蒙权利的翻转,寄寓了小说家殷切的期望。

董卉川还注意到,陈瘦竹、鲍雨、韩北屏等作家并非高高在上的启蒙者,而是关注到民众的自我启蒙和自我觉醒,并呈现这一启蒙过程的艰难、被动与复杂。比如,他通过人物形象分析,指出鲍雨的《卖菜女》《小光蛋》《飞机场》,韩北屏的《狙击手方华田》《花素琴》,程造之的《烽火天涯》,陈瘦竹的《抗争》《入伍前——记一个女战士的经历》《湖上恩仇记》《三人行》《曙光》《春雷》等作品中,注重呈现底层民众觉醒的过程。面对侵略,民众逐步摆脱一盘散沙的状态,逐步萌发爱国意识、民族意识,在社会重重压迫与剥削中,艰难觉醒并勇敢反抗,成长为坚强的革命者。这一发现,准确地锚定了中国现代文学思潮的启蒙转向——由个人启蒙向社会启蒙。

尽管该书在史料钩沉、文本细读、启蒙立场等方面显示出作者的学术素养,但不可否认的是,本书仍然存在不少改进的空间。比如,在对作家的整体创作进行摹写时,应以更宏阔的文学史眼光凸显其审美内蕴、独特价值;而在论述过程中,应当更具学术史视野,适当评述前人研究成果,更能增加本书的学术理性;最后,江苏现代作家的小说如何表现出"江苏风格",江苏文学对现代文学又产生了怎样的影响,这些都是有待进一步探索深化的地方。但总体上,《江苏现代小说十三家论》以大文学史为视野，以地方路径为聚焦，以还原历史为旨归，建构起了别具一格的阐释框架与富有学术个性的逻辑结构。我相信，随着该成果的问世，董卉川的学术研究将会迎来一片新天地，进入一个更阔达的境界。

附：序董卉川著《江苏现代小说家新论》

董卉川于五年前作为骨干成员参与到《江苏新文学史·小说编》《江苏新文学史史料选·小说编》的大型项目工作中，从那时开始便几乎以全副精力投身其间，在江苏近现代小说这片沃土上爬梳剔抉、上下求索、深耕细作。除了夜以继日的思考与写作之外，他还广泛收集文献，各方搜求资料。一般大家熟知的作家，在他这里都是求全务尽；而对于一般被忽略的作家，他更是想方设法通过文本的挖掘复原小说家的原貌。辛勤耕耘之后的收获季节如约而至，董卉川的学术专著《江苏现代小说十三家论》、主编的《江苏新文学史·小说编》第2卷已经出版，主编的相关史料卷也已完成。与此同时，他的《江苏现代小说家新论》又即将付梓，真是令人欣喜。

近现代时期，江苏小说家无论在数量上，还是在题材审美等方面，都有着特别重要和独特的贡献。从清末的曾朴、刘鹗到现代的钱锺书、杨绛等，都是文学史上不可绕过的存在。相对而言，现有研究对于大部分著名的江苏小说家的关注程度较高，但对于边缘小说家的系统性研究则较少见到。董卉川《江苏现代小说家新论》一书以大量史料为基础，不仅涉及为人熟知的著名作家,且细致钩沉文学史中被遮蔽的江苏现代小说家。该书集陈衡哲、平襟亚、曾虚白、徐蔚南、张闻天、周全平、李同愈、孙梦雷、叶灵凤、汪锡鹏、张天翼、葛琴、秦瘦鸥、杨绛、周楞伽、汪曾祺等十六家,既是对《江苏现代小说十三家论》研究的延续、补充和扩展,也在视野方法、思想探讨与审美分析等层面上步入了一个新的境界。

一、审美特征的析毫剖厘

小说创作历史积淀深,文化意蕴厚,是深刻了解一种区域文学与地方文化互动样态和内在精神特质的重要窗口。董卉川近年来对相关文献进行的大量阅读、整理和梳理工作,为其进一步的研究打下了深厚基础。他从浩如烟海的文卷中精心选择,捕捉文体特征,以开阔的视野对作家创作中的审美特色提出独到见解。

首先,著者在文本细读中注重对审美风格的分析,强调对作家在语言、体裁、技巧等方面表现出的个性特点和创新精神的考量。他揭示徐蔚南小说以幽默水彩滋润小说之田并结出富有哲理深思的艺术之花,以幽默助力反讽,以反讽揭示人性;剖析张闻天创作中表现出的浓郁浪漫气质,这不仅与其知识结构相关,更受到了时代影响,渴望以浪漫之风滋养生命之花,体现张扬的生命之力与顽强的抗争精神。此外,著者注意到张天翼小说中对于现代主义风格的初步尝试,其《恶梦》等作品透露出现代主义色彩,颇具现代美学建构意识;汪曾祺深受现代主义影响,擅长以现代主义的艺术技法呈现自我深刻的理性沉思和饱满诗情。

其次，著者独具敏锐的学术眼光，在文本细读中揭示作家对于表现手法的巧妙使用。得益于现代诗剧研究的经历、心得，以及对于新批评的喜爱，著作善于通过文学表现手法深入文本肌理，因此在解读江苏小说时，能够观照到平襟亚、周全平、李同愈、陈衡哲等人对于反讽、反语等写作方法的自如运用。平襟亚凭借自己丰富的社会阅历和工作经历，在《人海潮》等作品中以反讽的笔法展现、批判上海出版界、法律界、文界等以及官场中的种种丑恶世相。徐蔚南在《戏剧》中借助反讽手法将洋货店老板张仲芳这一人物形象刻画得栩栩如生，颇含人生哲理。周全平在《守旧的农人》中以反讽建构全篇，揭示出统治阶层的黑暗。而李同愈则是擅于采用反语手法，使深奥晦涩的哲理在不露锋芒的语言中得到委婉表达，最终实现理性沉思与现实描摹。此外，著者还指出陈衡哲善于将世间万物拟人化，在童趣之中蕴含深刻的人生哲思，将个体启蒙思想注入其中，以期唤醒民众，启迪民智。

除共时性的分析与探究之外，著者还注重进行历时性分析，全面展现作家的创作流变过程，尽可能地向我们展现文学的流变，引导读者全面体悟江苏作家小说作品的审美特征。比如，董卉川关注到了汪曾祺从散文到散文诗的演化，指出其1941年《大公报》（重庆）版的《复仇》与1946年《文艺复兴》版的《复仇》，是一次从散文到散文诗的抒情实验。经过两部作品的对比分析指出作家行文从外延至内核均从散文指向了散文诗。对于导致这种变化的原因，著者也进行了细致的分析，即随着年岁的增长，汪曾祺对人生、人性、命运等方面的理性思索更加独到与深邃，需要更为复杂的外在诗之节奏与之配合，抒发内在的情感。这种探索与创新，还体现在《匹夫》等作品之中。这些独特的观察视角与分析方式，每每给人耳目一新之感。

二、理论视域的大力拓展

小说研究自带交叉融合的跨专业属性，董卉川在平日研读中注重打破文学、心理学、社会学、教育学等多个学科之间的固有壁垒，夯实专业知识积累，多个方面互相融通，齐头并进。这种对知识的渴求，对学术的刻苦，铸就他在文学研究中的跨界视野与慧眼独具。借助于多学科理论，董卉川常常能发前人之所未见。就他一度专攻的中国现代诗剧来说，诗剧研究往往需要跨越文学、戏剧学、美学等多个领域，只有积累多学科知识，丰富理论储备，才有可能取得实质性的进展。因之，理论视域的积极拓展可视为该著的重要闪光点。

董卉川从单一的纯文学视角中突破出来，从文化研究的角度综合考察现代文学，表现出"大文学"视角。例如，在心理学理论融入方面，著者在进行文本分析时，以马斯洛的需求理论为依托，从全新角度对孙梦雷小说进行解读。他指出残暴的战争给人类造成的苦痛与劫难是孙梦雷小说的母题之一，这是由于战争之下，满足人类最低层次的生理需要成为难题。而当一个人的生理需要得到满足后，他必然去追求其他的人生需要，即归属和爱的需要。因此，恋爱婚姻问题亦是孙梦雷小说的着力点，以人类的归属和爱的需要去关注女性在恋爱婚姻中的悲惨命运及苦痛孤独的精神世界。当人类的生理需要、归属和爱的需要实现后,势必会去追求自尊需要和自我实现需要,因此孙梦雷还在小说中描绘了随着社会的发展变迁,人类特别是女性如何践行自我的高层次需求。

该著还较为独到地结合了经济学理论。文学与社会经济之间有着不可脱离的重要关系,时代经济状况总是或多或少地对文学作品的内容、形式等产生多方面影响。在对中国现代文学史上的被遗忘者——汪锡鹏的现代小说研究中,著者指出汪锡鹏在其小说中首先呈现的便是在经济压迫之下人类的精神困境。经济的衰退影响着时代人们的生活状态与心理状态,为了生计,无数人走入歧途,误入困境,这一状况在汪锡鹏的《豆花村》《穷人的妻》《结局》等小说作品中体现得尤为深刻。

著者还特别注意到了文学与教育学之间的密切互动关系。二者的交叉自古以来就受到人们的关注,兼具的人文属性也是当今研究热点话题。董卉川努力拓宽自身理论视域,将教育学理论有机融合在文学作品中。他指出秦瘦鸥20世纪40年代的小说,涉及家庭教育、高等教育等具有超越时代特性的教育问题,其呈现和反思的内容发人深省。在其作品《给她母亲杀死的?》《同学少年》《余音》中,主人公吴三新、张颐、洪燕三人是都市堕落青年的代表,前者因家庭教育而导致了腐化堕落,后两者则在高校教育中迷失了自我。他们均化身为象征性符号,甚至成了当下社会某些青年的缩影,使我们对教育问题产生深入思考。著者对文学中的教育元素进行研究,体现出文学与教育学的深度对话，符合当今学科交叉的重要趋势。

著者或以新的理论方法或以新的研究视角进入江苏现代小说研究，体现出研究深度与拓展广度。索解心理学与文学的深层耦合，探讨文学与经济的复杂关联，关注文学与教育学的互动关系，体现出其开阔的学术视野与敏锐的学术眼光。

三、人格精神的深刻挖掘

文学作品自产生之日起就饱含着创作者的个人精神与浓厚的社会责任意识，具备关注现实的理性精神，江苏现代小说即为最鲜明的代表之一。陈衡哲、叶灵凤、葛琴、周楞伽等江苏现代小说家皆以真挚的人道主义精神，通过文学作品展示个人精神，通过对社会现实深入体察揭示黑暗社会世相，展现出浓厚的人文关怀精神与社会责任感。著者在结合文本的基础上，深入作家的人生道路、个人精神、思想观念与社会承担等角度，试图展现出研究对象整体的人格精神。

首先，著者在进行文学作品分析时，着力挖掘不同文学作品所体现的个人化特征及蕴含其中的个人文学观念。著者指出，叶灵凤20世纪30年代的长篇创作是一种典型的个人化写作，在同时代诸多作家纷纷实现创作转向之时，叶灵凤隐匿于自我的象牙塔之中，将社会冲突让位于个人情感，沉醉于唯美浪漫的爱情迷梦。此外，著者还提到杨绛现代小说中体现的个人化精神，小说内容与家国民族、社会时代相绝缘，她沉浸于个人情感的描写和抒发，渗透了自己对恋爱婚姻的独到见解，体现出浓郁的浪漫感伤气质。

其次,董卉川注意到陈衡哲、平襟亚、秦瘦鸥等作家所具有的人文关怀精神。他们并非将自己困于象牙之塔,而是对社会现实深入观察,渗透出对人类生存状态、生活理念的理性沉思。陈衡哲在《秋虫与蝴蝶》中将"秋虫"作为自己真诚的化身以此唤醒民众的觉醒与团结;平襟亚在《人海潮》中以真挚深厚的情感暴露病态的国民精神,表现出"五四"学人强烈的人文关怀精神;汪锡鹏在《丽丽》中对人类精神困境进行了细致剖析,通过对个体精神的探秘,将之升华为对社会现实的书写,充满了强烈的人文精神;秦瘦鸥在《危城记》中批判病态的国民劣根性,呈现并反思各种社会问题,体现出无限的人文关怀。

"五四"不仅仅是一场运动,更是一种精神,无数学人受此启蒙,在民主和科学的烛照下内心充斥着强烈的历史使命感。著者关注到江苏现代小说家们对人生世相的描摹与思考及对民族的蜕变与新生的企盼,揭示感人至深的文字背后蕴含着的责任意识。他指出:张闻天以强烈的社会责任感和历史使命感去描摹与反思现实,对青年婚姻问题的同情,对底层贫民拮据无望生活的观照,体现出革命作家赤忱的社会关怀;周全平以严肃深刻的现实主义笔触,将落魄贫苦之人同富贵之人的生命状态进行比照,用哲学家、社会学家的眼光反思贫富差异、两极分化这一跨越时代、超越历史的社会性问题,体现其历史使命感;葛琴身处时代洪流,试图通过对底层民众精神世界的书写,挖掘与思考造成底层人苦痛矛盾、愤怒疯狂灵魂的社会及个人根源,浸润着中国现代作家的社会责任感和历史使命感;周楞伽对20世纪30年代上海复杂多样的社会矛盾、堕落黑暗的社会世相、积习病态的国民精神进行了全方位的细致解剖,阐释了复杂的社会架构与社会关系,将强烈的社会责任感和历史使命感倾注于文学创作之中。

尽管该书在审美特征的剖析、理论视域的拓展以及人格精神的挖掘等方面展现出不俗的钻研精神和学术素养,但同时也应看到其中还存在着的一些不足。比如在思维模式与研究方法上,著者在坚持学术传统与开辟新的理论视野之间,稍嫌偏重传统。在研究视野上,偏重文学文本研究,文学史意识则有待继续加强深化,相对薄弱,对于作家与时代思潮的关联、作品在文学史上的地位等尚待更深入的探究。此外,江苏现代小说家的创作如何与地域文化相联系,江苏现代小说的文化认同与审美选择在今天有着怎样的启示,也都有待于进一步思考与深化。

随着该书的问世,我相信董卉川必定会迎来更为宽阔的学术天地,进入新一阶段的学术旅程,逐步实现远大学术追求。

序杨华丽著《中国小说家庭伦理叙事的现代转型（1898—1927）》

继颇具思想冲击力的专著《"打倒孔家店"研究》问世八年后，杨华丽教授又完成了这部题为《中国小说家庭伦理叙事的现代转型(1898—1927)》(以下简称《家庭伦理叙事》)的厚重之作。从两部著作的研究主题来看，后者较之前者具有显著的延展性与开拓性，体现着内在的理论深化与实践上的转向。同样是以"五四"前后为节点，同样是挖掘现代转型的逻辑规律，但《"打倒孔家店"研究》是从思想史的层面还原历史的复杂面相，而《家庭伦理叙事》则是从文学史的角度建构叙事世界背后的历史脉络；前者从客观存在的话语口号着手去勘探主观世界的思想谱系，后者则从主观审美的叙述流程切入以萃取真实及物的伦理存在。理论是灰色的，唯有生命之树常青。如果说"打倒孔家店"的口号尚带有灰色的成分，那么丰富鲜活的小说叙事所形成的审美世界正是生命的广袤森林。从华丽教授研究重心的转移中，从

《家庭伦理叙事》细腻深微条分缕析的句子中，不难看到她多年来孜孜不倦始终如一的学术目标、上下求索探求真理的学术足迹、挑战权威攻关难题的学术勇气、文史互补长于思辨的学术风格，以及胸有千壑永志不俗的学术情怀。

《家庭伦理叙事》一书所涉猎的话题及其观点论述已居学术前沿，本来我没资格撰序置喙，而华丽教授之所以力邀我写几句话，也主要是因为我对她相关研究的推进过程比较熟悉。说起来，华丽教授《"打倒孔家店"研究》的定稿与出版，以及《家庭伦理叙事》获得国家社科基金立项资助，恰恰都是在2013年至2014年她计划着来南京大学做访问学者的时候。当时，她已经是一名成熟学者，怀揣数十篇重要期刊论文，且在原单位担任职务。但她依然义无反顾地以一个全日制学生的姿态做起了南大的访问学者，过起了宿舍—餐厅—图书馆三点一线式的生活。清淡而枯燥的校园生活，对于华丽来说，却不啻是某种慷慨的馈赠，是心无旁骛遨游学海的难得时光。教室里沉静笃实的身影、读书会上活跃敏锐的思维、讨论中对于问题的追根究底的执着，都在表明这样一个道理：一个纯粹的学者，必定是一位苦行僧式的攀登者。

学界中人都深知，现代文学研究多年来之所以是一门显学，这与它的跨学科性质、社会文化的综合交织及思想解放价值是分不开的。唯其意义巨大，晚清至"五四"的现代转型期及其蕴含的核心思想与文学命题，集聚了研究界时间最长、热情最多的学术能量，这一领域的成果积累了一代代学人的汗水与智慧。也因此，年轻一些的学者在选择主攻方向时更喜欢"绕道走"，去开辟相对不那么拥挤的属于自己的处女地。但是华丽教授却不避艰险地投身于这一领域，并取得了一系列引人关注的成绩。

《家庭伦理叙事》首要的学术意义即在于它是站在前人的肩膀上，以新时代的宏阔视野重新确立了该题域研究的逻辑基点。中国文化的最大特点是伦理中心主义，而伦理中心主义的中心则是家庭伦理。在本书绪论中，作者着重指出：一方面，对于中国人而言，家庭伦理秩序是伦理秩序中尤为重要者，甚至可以说是中国传统伦理道德的核心和基础；另一方面，中国传统家庭伦理的相对稳定，是造就中国文化超稳定的重要基石。究其根源，作者认为，中国传统社会的全部伦理道德都在三纲五伦的基础上铺衍、展开，而三纲中的"父为子纲""夫为妻纲"规定的正是重要的家庭成员——父子、夫妻——之间的关系，"君为臣纲"不过是家庭关系的推演，五伦中的"父子""夫妇""兄弟"意在调节家庭成员之间的关系，且君臣伦理不过是父子伦理的推演，朋友伦理不过是兄弟伦理的推演。

作者在强调家庭伦理作为中国文化的"核心"以及作为中国文化超稳定的"基石"这两个关键词的时候，特别论证了个中究竟，是有其良苦用心的。这不但涉及本书对于论述题域范畴如何框定，也意味着内在逻辑合理性的获取，以及全书分析方法的可行性问题。我想，如果将其置于中西文化比较的视野下，以更为形象简明的表达方式，几乎可以作如此判断：如果说西方文化的核心是"男女平等"，那么中国文化的核心就是"父上子下"。西方文化的所有伦理关系与秩序都是由男女平等推衍而来，兄弟、君臣、父子、长幼之间都自觉地以男与女的关系为准则。而且,这里的"男女平等"不局限于夫妇之间的平等,而是整个社会层面上的平等意识。作为中国文化核心的"父上子下"唯其原生于家庭伦理,推衍开去,从政治到经济,从日常到政治,从民间到庙堂,贯穿于社会文化领域的方方面面,便历史地形成了超稳定的文化结构。

与西方相比,中国文化由伦理中心主义,进而凝固为家庭伦理中心主义,其间的差异及其复杂的环节,直到今天我们也许并没有充分勘探到底。而家庭伦理之于文化结构的超稳定结构功能,内在地决定了在现代文明与现代性思潮的冲击下,中国文化现代转型的必要性、艰巨性乃至反复性等多元历史样态形成的必然规律。意识到这些,也许会帮助我们重新理解那个时期"打倒孔家店"运动中先驱者们何以会不断呐喊又很快无地彷徨;"全盘西化"的呼声亦非以意气用事可以解释,亦不是不可思议;至于"群己观"的提出、"个人"的发现、"非孝"话语的介入等,更是因其对于家庭伦理改变的针对性,获得了远远超越家庭伦理关系的现代启蒙价值。

尤为重要的是,在本书的逻辑基点所形成的恢宏视野之下,家庭伦理之任何层面或者任何环节的现代转型探索,都几乎命定地牵一发而动全身,都潜在地涉及整体文化结构的转型问题。而只有在整体性的视野下观照它们,才能够真正挖掘出对象文本的历史特质与阐释价值——无论是从历时性的角度,还是从共时性的角度,都是如此。因之,本书把研究对象划定为1898—1927年间的家庭伦理叙事,是建基于深思熟虑的论证之上的。宏阔的理论视野与独到的历史意识,可视为本书的第二个研究特色与学术价值。

华丽教授清醒地看到，从1898年至1927年，晚清与现代作家"有幸看到了宗法封建性家庭漫长的解体过程，感知到其中尖锐或钝重的痛苦，并且以其具有时代特色的笔墨，为我们留下了独特的家庭伦理叙事的现代转型史"。这是一段鲜活的灵魂史，也是一段环环相扣的历史链条，是一段相对完整的转型史。前人的研究抬高了后续研究的起点，但她发现，立足于史学、哲学、社会学，尤其是伦理学学科来研究中国家庭伦理问题者，较少把1898—1927年间中国家庭伦理的嬗变问题视为一个相对独立而重要的学术题域来对待。在文学研究界，古代文学研究者多将研究下限确定为辛亥革命，而又因多重视宏观论述而相对忽略了对1898—1911年间小说的研究。尽管近年来，清末十年的新小说受到越来越多的关注，但仍因下限的设置问题而依然不能将家庭伦理的现代转型过程推向深入。

中国现当代文学领域的学者在此论域中，或者多将研究上限确定于"五四"新文化运动，或者更为重视此时期的两性伦理而相对忽略父子伦理问题，因之，中国家庭伦理现代转型的历史流变轨迹难以清晰地加以呈现。在此背景下，本书系统地打通清末、民初、"五四"高潮期及"五四"退潮期，以独到的视野实现了历史阶段与逻辑链条的深度契合。我们看到，在家庭伦理的叙事转型中，"五四"小说既不是开始，也不是结束，而是在历史链环中表征着发展特质的一个环节，只有在动态的逻辑观照中，其历史的局限性与突破性、文学魅力与思想特质方得到客观丰富的还原。

本书的第三个学术特色，也是在通读书稿时印象特别深刻的方面，在于贯穿全书的细腻绵密环环相扣的逻辑建构性，以及于深微复杂的分析中展示出的思辨能力。从华丽教授近年发表的许多论著中，我们不难看到在她建立的学术形象中，善于从小切口突入较大命题，擅长以某个细节或某种表象挖掘背后的本质，乐于在文本细读中体验并阐释微言大义，习惯从史料辨正中发现文学史问题。比如她从"赵五贞自杀事件"或者从《非孝》事件还原"五四"新思潮的某些特点，从战时重庆经济生活论述张恨水的散文书写，从进步作家的"钻网术"反观国民党抗战时期的文化统治，从具体作品的不同译本弥补茅盾研究的不足，等等，都是她学术个性的具体呈现。

但从《家庭伦理叙事》的字里行间，我们仍能发现一位成熟学者自我突破的极大潜力。华丽教授在考察1898年至1927年这三十年间小说家庭伦理叙事嬗变的过程中，不但将前后的观念变革进行统一观照，更注重对具体的文本加以详细、对比式考量，从而将其间的继承与新变、温和与激进、新质与旧核或冲突或杂糅的复杂状态，进行清晰的呈现与有力的透射。

以本书对于父子伦理叙事的考察为例，作者不但深知父子伦理之于乡土中国"至为重要"的特性，也关注到前人相关研究中对于父子关系的深刻论述，比如认为父子关系本身至少存在着血缘关系、家庭关系、社会关系三个层面。但华丽教授仍然不满足于此，她在具体考察文学文本尤其是晚清民初的文学文本所呈现的父子关系时发现，父与子之间的家庭关系固然是作家关注的重点，"然而处于历史大变局中的那些父与子们，往往都被置于民族国家的话语体系之中，其家庭关系由此具有了与此前颇具差异的一些特点，血缘关系也得到别有意味的凸显，而社会关系也因国势陵夷的背景而得到了多层面的体现。"由此，在作者笔下，父子关系叙事被置于这种复杂的时代境遇中，被赋予了一系列伦理关系与文化关系的多面向和多层次性。

比如对 1915—1927 年文本的具体分析中，作者通过何慧心《父亲的狂怒》、翟毅夫《一个杀父亲的儿子》、庐隐《一个著作家》、叶灵凤《女娲氏之遗孽》等大量文本分析了"专制之父与反叛之子"的结构模式。通过鲁迅《故乡》《药》、一岑《三年前后的父亲》、醒生《二年前后的父亲》、张兆骧《父亲的忏悔》等则概括出了"爱子之父与爱父之子"的伦理关系。而通过许钦文《父亲》、叶圣陶《母》、庐隐《何处是归程》等文本，则让我们看到当叛逆之子成为新一代之父后更为复杂的伦理关系与文化意蕴。伦理叙事背后反叛之子出现的路径、遵从与反叛之间的裂隙、父辈与子辈之间"剪不断，理还乱"的爱等现象，都得到了鞭辟入里的阐释，给人以深刻的文化启示。

杨华丽教授深刻地意识到，"从家庭伦理角度来考察小说的现代转型及其后的发展史，本身也就是在走近中国近现代知识分子的精神生活史"。其实当我们阅读本书，又何尝不是在感受新世纪学人突破自我和某些禁锢的精神生活史。尤其是最近，妇女儿童拐卖现象引起人们的高度关注，其中的家庭伦理问题难道不值得我们倾全力去关注和反思吗？从这一意义上说，本书虽以百年前的审美世界为研究对象，却无疑是百年后心灵震撼下的回响。